Furia en el Desierto

RODELO, QUE ESTABA cerca de él, se le tiró encima y con su poderoso hombro derecho le pegó en la cadera y lo tiró dando vueltas al suelo. Antes de que pudiera empuñar de nuevo la pistola, Rodelo le dio un puntapié en la mano y se la quitó.

Mientras maldecía y gruñía, Harbin se incorporó y arremetió contra Dan Rodelo, pero lanzó un puñetazo demasiado abierto y Dan le colocó un derechazo en la mejilla. Harbin, quien se quedó inmóvil, estaba perfectamente colocado para una izquierda aplastante, y se desplomó.

Aturdido, Harbin se quedó quieto un momento. Se levantó sin chistar y dijo: —Te mataré por esto, Rodelo.

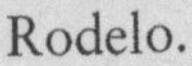

Libros de Louis L'Amour

DISPONIBLES AHORA EN CASTELLANO

Catlow
Los madrugadores
Kid Rodelo

Kid Rodelo

Louis L'Amour

Traducido por
Mercedes Lamamié de Clairac

BANTAM BOOKS

KID RODELO
Un Libro de Bantam / marzo 2007

PUBLICADO POR
Bantam Dell
Una división de Random House, Inc.
Nueva York, Nueva York

Éste es un trabajo de ficción. Los nombres, personajes, lugares y situaciones son producto de la imaginación del autor o ficticios. Cualquier parecido con verdaderas personas, vivas o muertas, eventos o lugares es accidental.

La fotografía de Louis L'Amour por
John Hamilton—Globe Photos, Inc.

Cubierta por Gordon Crabb

ISBN: 978-0-553-58881-1

Impreso en los Estados Unidos de América
Publicado simultáneamente en Canadá

www.bantamdell.com

OPM 10 9 8 7 6 5 4

Kid Rodelo

CAPÍTULO 1

EL DESIERTO DE Yuma, al este del nacimiento del río Colorado, era un horno; pero de los cuatro jinetes, tres eran indios yaqui que estaban acostumbrados al calor, como también lo estaban los buitres que revoloteaban sobre ellos. Al cuarto jinete no le molestaba el calor. Estaba muerto.

La parte del desierto que cruzaban era de arena dura. Delante y a los lados había dunas de arena. Cuatro días antes el muerto había cabalgado su caballo hasta la muerte en esas dunas. Obsesionado por huir y llegar al barco que le esperaba en la bahía de Adair, no comprendió, hasta que fue demasiado tarde, que su montura se le había reventado.

Intentar huir por el desierto, salpicado de arbustos de creosota y de burro, era un disparate si se viajaba de día. Pero no podía perder tiempo. Eran los yaquis, ansiosos por cobrar los cincuenta dólares de recompensa por su cadáver, que marcaban el ritmo. Sus opciones eran escaparse o morir, por lo tanto huyó... y a pesar de todo murió, porque lo atraparon cerca de su destino.

Nadie escapaba por el desierto de Yuma. Se lo podría haber dicho el yaqui del viejo y desgastado sombrero de caballería, porque había cobrado recompensa por diecisiete cadáveres: era una buena forma de ganarse la vida. Los yaquis no sabían nada del barco en la bahía de Adair, y tampoco les importaba.

En la prisión de Yuma, Tom Badger sí sabía de su existencia. Había sido el único confidente del fugado y había conocido sus planes. Sabía que el barco se acercaría a la orilla en un lugar determinado todas las tardes durante dos semanas. La tripulación del barco estaba bien pagada, y sólo sabían que un hombre, o quizás más, llegarían por el desierto. Los recogerían sin hacer preguntas y los llevarían a Mazatlán.

Tom Badger había pensado fugarse con Isacher, pero cuando llegó el momento, Isacher se encontró solo y decidió huir. Badger se quedó atrás, pero no culpó a su compañero de celda. Él habría hecho lo mismo en su lugar. Ahora esperaba. ¿Habría logrado Isacher su objetivo?

De repente sonaron campanadas. Una... dos... tres... ¡cuatro!

La verja de la prisión se abrió y se cerró. Badger se sentó y se rascó. ¿Quién entraría a estas horas? No eran ni las seis de la mañana.

A lo lejos, cerca de la verja, escuchó una voz. Se oía claramente, incluso a esa distancia, porque el aire puro transporta bien el sonido. —Trajeron a otro.

—¿Quién es?

—¿Quién va a ser? En los últimos seis meses sólo se ha escapado un hombre.

—*¡Isacher!*

Tom Badger se quedó inmóvil y se despabiló. Isacher había muerto, y aún faltaban unos días para que zarpara el barco en la bahía de Adair. Isacher se lo había dicho claramente. Había planeado llegar el primer día de los catorce que el barco estaría allí. Esos trece días adicionales eran un seguro contra demoras o contratiempos.

La tripulación del barco no sabría del fracaso de Isacher. Por consiguiente, si alguien llegara a la bahía de Adair, el barco lo recogería y lo llevaría a Mazatlán. Isacher había fracasado, pero su muerte había abierto la puerta a una oportunidad.

Los pensamientos de Badger fueron interrumpidos por el ruido de llaves y tacones. Se abrieron las puertas y los guardias sacaron a los prisioneros para llevarlos a trabajar.

Miller entró con el carcelero diurno y empezó a abrir los grilletes que sujetaban a los prisioneros al suelo.

Gopher levantó la vista, mientras gimoteaba. —Hoy no puedo hacer nada. Me siento...

—¡Cállese! —Tom Badger miró hacia abajo irritado. Joe Harbin era un buen tipo, pero Gopher no hacía más que quejarse.

—¡Póngase las botas! —El carcelero estaba impaciente. Era un hombre duro que no les pasaba una. Miller, sin embargo, era un guardia bueno y justo. Y si no le dabas problemas, podía concederte todos los beneficios que el reglamento permitiera.

—No puedo.

El carcelero le pegó un puntapié a Gopher. —¡Levántese!

—¡Por favor!

El carcelero alzó las llaves para propinarle un golpe, pero Miller se interpuso. —Déjalo en paz. Ayer le pegaron diez latigazos.

—Y ahora se merece diez más.

—Hijo, póngase las botas —dijo Miller—. Vaya al médico para que le haga un reconocimiento.

Lentamente, y con mucha dificultad, Gopher se

metió las botas, se puso de pie y se puso en fila con los otros en el corredor de la prisión.

Mientras caminaban por el pasillo miró en las celdas de los prisioneros menos conflictivos. Observó que estaban recién afeitados y hacían sus literas. Comparados con él, que había dormido en el suelo de piedra en la celda de castigo, vivían cómodos. Pararon un instante y los tres miraron a Danny Rodelo. Tenía el torso desnudo y el doctor le hacía un reconocimiento.

Miller echó un vistazo. —¿Doctor?

—Guardia, aguarde un minuto. Tengo que examinar a este hombre para su puesta en libertad. Sale hoy.

—Qué suerte tiene el tipo —murmuró alguien. Miller miró las caras de los convictos a su alrededor, pero desconocía quién había hecho el comentario, y no preguntó.

Rodelo era un afortunado por marcharse, cualquiera lo sería. Pero a Dan Rodelo sólo la mala suerte lo había llevado hasta allí. Todos los prisioneros sabían que él no era un criminal.

Duro, sí... y pendenciero. Era un tipo que saldría adelante contra todo pronóstico, pero si alguien se metía con él tendría problemas. Rodelo había cumplido su condena dignamente. Nunca se había quejado ni había discutido. Hizo bien su trabajo diariamente.

—Muy bien, Rodelo.

El doctor Wilson agarró su bolsa y entró en el corredor. —¿Miller, qué ocurre?

—Este hombre dice que está enfermo.

El doctor Wilson miró a Gopher. —Ah, es usted, ¿eh? —Le levantó la camisa y observó su huesuda espalda, marcada con latigazos—. Estás sanando bien.

Dan Rodelo se puso su camisa mientras los otros le miraban. La ajustó a la cintura y agarró una corbata.

Joe Harbin lo miró enojado, e iba a decirle algo, pero Tom Badger le pegó un codazo. Joe cerró la boca.

—Estás bien de salud —dijo Wilson a Gopher—. Sigue trabajando o se te entumecerá la espalda.

—¿Quiere decir que tengo que trabajar?

—Hijo, aquí trabajamos todos. No te metas en líos y un día saldrás de aquí como Rodelo. Si te metes en enredos te azotarán una y otra vez, y cuando te pongan en libertad estarás listo para el cementerio. Créeme, he visto de todo.

Dan Rodelo les siguió con los ojos, y luego entró en el corredor y caminó hasta la oficina del director. Estaba consciente de las miradas de envidia de los que dejaba allí, aunque conocía a pocos y tenía poco en común con ellos.

De repente se detuvo. Tres yaquis traían un cadáver. A pesar de sí mismo, miró fijamente la cara del muerto. Sabía quien era... sólo podía ser una persona. El cadáver guardaba poco parecido con el hombre que había conocido de vista.

Habían corrido muchos rumores sobre Isacher. Tenía familiares adinerados en el este, y se comentaba que había sobornado a mucha gente. Todavía era un misterio cómo había logrado escapar.

El empleado de la prisión abrió la puerta de la oficina del director. —Señor, el cuerpo de Isacher, para ser identificado.

—¿No puede identificarlo usted?

—Señor, las normas estipulan que sea usted quien lo haga.

El director se acercó a la puerta y miró al muerto. El director era un hombre delgado, atractivo, de unos cincuenta años y su porte militar indicaba su pasado; pero no le gustaba esta tarea. —Nunca lo hubiera reconocido —comentó—. Debe de haber pasado las de Caín.

—¿Conoce ese desierto al sur? No hay nada igual en toda América del Norte. Es probable que estuviera medio muerto de sed cuando le dispararon.

El director dio la vuelta. —Siempre les disparan, ¿verdad?

—Señor, un muerto no puede beber su agua, y por allí el agua escasea.

—Bien, sáquelo de aquí. Asegúrese que lo entierren dignamente. —Después añadió como el que no quiere—: Y asegúrese de que se pueda localizar su tumba por si su familia viene a reclamar el cuerpo, aunque lo dudo.

El yaqui con el sombrero de caballería se aproximó. —*¿Oro?*

—Páguele —dijo el director—. Deme... firmaré eso.

Firmó el vale, y miró al empleado. —Firmaré —dijo—, pero no estoy de acuerdo. No importa de qué son culpables, no hay motivo para cazarlos y matarlos.

El empleado era un cínico. —Señor, así es como ganan la vida los yaquis. Por lo menos los que viven alrededor del fuerte. —Hizo una pausa—. Creo que deberíamos reclutarlos y entrenarlos. Serían buenos soldados. Tienen potencial.

—Son unos salvajes sanguinarios.

—Algunos.

El indio tomó el dinero y, al dar la vuelta para

marcharse, vio a Dan Rodelo. Por un instante se miraron fijamente a los ojos, el yaqui observando la aversión en la mirada de Rodelo mientras lo miraba de arriba a abajo. Estaba muy bien vestido para ser un prisionero, como el yaqui sabía que era. Sus botas nuevas estaban limpias y relucientes.

El indio las señaló. —Las quiero. —Miró hacia arriba a Rodelo—. Sabe, algún día las tendré.

—Lo siento —contestó Rodelo—, salgo por la verja. Soy libre.

Rodelo caminó delante del yaqui y se detuvo en frente del escritorio del director. Rodelo respetaba el cargo e instintivamente se puso firme.

—¿Bien, Rodelo? —El director lo estudió un instante—. ¿Estuvo en el ejército?

—Sí, señor. En la Quinta Caballería.

El empleado se acercó al escritorio con una bolsa de papel color marrón y la colocó delante de Rodelo. Dan la miró, pues contenía sus pertenencias, que eran muy pocas. Se las metió en los bolsillos sin decir nada y se ató la pistolera y la cartuchera que estaban en la bolsa.

El director sacó una moneda de oro de cinco dólares de un cajón y se la entregó a Rodelo. —Aquí tiene el dinero de la puesta en libertad. Rodelo, me alegro que se vaya, y espero que no haga nada que lo traiga de vuelta.

—Señor, he pasado por suficiente. —Dudó—. En mi caso, no cometí ningún crimen.

—Lo sé. Estudié su expediente.

El director parecía reacio a dejarle ir. —Rodelo, vivimos en tiempos difíciles. En cualquier época de transición es fácil que se den situaciones difíciles de manejar, pero recuerde que nuestro país está cambiando. No podemos seguir viviendo por la ley de la pistola.

—Todos los días vienen colonos del este, y hay hombres de negocios que quieren invertir su dinero. Tenemos que aprender a solucionar nuestras contiendas sin tiros, y dejar que sea la ley que detenga a los delincuentes.

—Lo sé, señor.

—Rodelo, espero que así sea, porque pienso que usted es una buena persona. No se busque problemas. —Le miró fijo a los ojos—. Y apártese de las malas compañías.

Dan Rodelo dio un paso atrás, dio media vuelta y salió de la oficina. Estaba encogido de aprensión. ¿Sospechaba algo el director? ¿Pero cómo podía ser posible?

No obstante...

Cuando se aproximaban, el guardia que le acompañaba hizo señas para que abrieran la verja. Se quedaron allí parados por un instante.

—Dan, me alegro que te marches —dijo el guardia.

—Gracias, Turkey. No diré que os voy a extrañar.

Dan Rodelo señaló con la cabeza hacia el este. —Allí me espera un buen caballo. —Retrocedió—. ¿Me quieres hacer un favor? —Sacó la moneda de oro de cinco dólares del bolsillo—. Si le dices a Joe Harbin que te la di, te la puedes quedar.

—¿Eso es todo?

—Eso es todo.

Turkey se quedó parado en la entrada observando a Rodelo alejarse monte abajo, luego miró la moneda de oro, se encogió de hombros y se la metió en el bolsillo. ¿Qué significaba eso? Estuvo a punto de informárselo al director, pero pensándolo bien le pareció algo sin demasiada importancia. Caminó hacia dentro y las verjas se cerraron tras él.

Aún pensativo, caminó hasta el patio de la prisión. Sabía que Joe Harbin estaría en la cantera. Turkey pensó que un prisionero que se permitía el lujo de regalar cinco dólares era alguien que tenía dinero —o que esperaba conseguirlo. Y eso podía ser lo que quería trasmitirle a Harbin.

HACÍA CALOR.

Dan Rodelo paró y se pasó la mano por la frente. Le esperaba un largo recorrido hasta el pueblo minero abandonado hacia donde se dirigía, y era mejor esperar a que se pusiera el sol. Quería evitar las miradas penetrantes y curiosas que los habitantes de Yuma dirigían a los que bajaban el monte de la prisión territorial. Hacía un año que lo habían visto, y entonces sólo fugazmente. No quería que lo recordaran como un hombre que había cumplido sentencia en Yuma.

Se desvió del camino y se refugió en la sombra de una casa deshabitada de adobe, esperando a que refrescara. Desenfundó su pistola de seis tiros, la calibró y examinó las balas. La cartuchera sólo tenía once aberturas que llevaban cartuchos. Necesitaría más munición y un rifle.

Enfundó la pistola, se colocó el sombrero encima de los ojos y se recostó para descansar. Hacía mucho calor, pero una ligera brisa soplaba del río.

Antes de dormirse recordó al yaqui con el viejo sombrero de caballería, y por un instante sintió un escalofrío. ¿A qué se debía eso? Decían que era cuando alguien pisaba tu tumba.

CAPÍTULO 2

LA CANTERA DE la prisión era un horno. Tom Badger viraba el taladro para Joe Harbin, quien lo golpeaba con la almádena. Era una taladradora pesada, y la blandía frenéticamente, sin el ritmo fácil de un experto taladrador.

—¡Tranquilo, condenado! —dijo Badger irritado—. Si se te escapa me dejas sin mano.

Badger estaba agachado cerca del taladro de una manera que lo dejaba vigilar a Perryman, su guardia. Tom Badger era experto en picar piedra y en prisiones, y sabía que un prisionero no podía elegir sus compañeros de celda, ni a quienes incluiría en una fuga. Las circunstancias venían dadas, y uno hacía lo que podía hacer.

—¡Me dieron cadena perpetua —dijo Harbin—, y ese maldito Rodelo en libertad después de servir un año! Yo podría cumplir esa condena con una mano atada a la espalda.

—Mataste a un hombre para robarle la nómina.

Joe Harbin agarró la taladradora por otro lugar. De repente desapareció su enojo y lo reemplazó una fría y calculada reflexión. —¿Qué nómina?

Badger giró la taladradora. —La nómina de la mina. Cincuenta mil dólares en oro.

—Hablas demasiado.

—Te enfurece ver a Dan marcharse y que vaya a recoger el botín —dijo Badger.

—No sabe donde lo escondí.

—Tiene una idea. Me lo comentó. Me dijo que cuando estuvieran a punto de ponerlo en libertad intentarías huir para adelantarte, y es exactamente lo que hiciste.

—¿Y tú qué? —dijo Harbin duramente—. Tú tampoco lo lograste.

Badger escupió de repente, señal de que el guardia daba la vuelta. Harbin giró la pesada taladradora, la mantuvo y la giró de nuevo. Cuando el guardia se puso de espaldas, Badger susurró: —Fallé porque huí solo. Tú porque no lo planeaste bien, pero si nos hubiéramos juntado...

Continuaron trabajando en silencio. Al rato, Harbin dijo molesto: —¿Tienes alguna idea?

—Pues sí. Tengo varias, y pueden funcionar, pero necesito un compañero.

—Me gustaría ir a México —murmuró Harbin—. Me gustan las mexicanas.

—Podríamos recoger la nómina, dividirla en dos y...

—¿Dividirla? ¿Estás loco? ¿Crees que robé la nómina para repartirla?

—Seríamos compañeros.

Joe empezó a hablar y Tom Badger escupió rápidamente, pero Harbin, demasiado irritado para pensar, dijo enfadado: —¿Sí? Si crees...

De repente Perryman estaba a su lado. —¡Aquí no se habla!

Harbin le retó indignado. —¡Usted!

La reacción de Perryman fue instantánea. Había

tratado con muchos reos pendencieros y sabía la que se avecinaba. El golpe con la culata del rifle fue cortante y brutal y pilló a Harbin mientras se acercaba. Se desplomó sobre las rodillas, y la sangre le manaba del cuero cabelludo.

Retirándose, Perryman miró a Badger. —¿Y tú qué?

—Perryman, estábamos peleando. No culpes a Joe. El calor lo trastornó.

Perryman dudó, pero Tom Badger sonreía tímidamente. —A Joe le afectó el sol. Es de Montana, ¿sabes? y no aguanta el calor como tú y yo.

Aplacado, Perryman dio un paso atrás. —Bien. Por esta vez no le haré una amonestación. Pero si es tu amigo, mantenlo a raya, ¿me escuchas? —Se secó la frente—. ¡Hace calor, maldita sea! No puedo ni culparlo.

Se alejó, y Badger le ayudó a Harbin a levantarse. No sangraba mucho, pero tenía la mirada vidriosa.

—Me salvaste el pellejo —dijo.

—¿Por qué no? ¿No somos compañeros?

Harbin aún dudaba. —¿Y esas ideas que tenías?

—Te puedo colocar en Mazatlán... con el oro... en diez días.

—De acuerdo, socio.

—Toma —Badger le entregó la taladradora—. Gírala. Y por lo que más quieras, no irrites al guardia. Si nos separan ahora, me fugaré solo.

Joe Harbin continuó su trabajo indiferentemente. Bien, si eso era lo necesario, entonces lo haría. Trabajaría hasta que no le prestaran atención. La cabeza le punzaba, aunque ya le habían derribado antes a golpes, pero sólo pensaba en el dinero que le esperaba y en cómo adelantársele a Rodelo.

Cuando Turkey se acercó, casi ni lo vio hasta que habló.

—¿Joe, es que nunca te cansas?

—Yo, no.

—Su amigo Rodelo firmó la salida esta mañana. Mire lo que me dio. —Les mostró la moneda de oro mientras estudiaba sus expresiones. Turkey sabía que había gato encerrado y le intrigaba—. Era el único dinero que tenía para comer hasta que encontrara trabajo. No entiendo a ese tipo.

Cuando Harbin no hizo ningún comentario, Turkey se alejó. Badger sostuvo la taladradora sobre otro hueco. —Si Dan no necesitaba ese dinero —dijo—, será porque sabe donde hay más.

—Tengo que salir de aquí. —Harbin tenía los ojos enardecidos—.Tom, nos tenemos que largar.

—Nos largaremos. Nos iremos esta misma noche.

Harbin sacudió la cabeza asombrado. —¿Esta noche?

—Prepárate para cuando se ponga el sol.

Joe Harbin se humedeció los labios y miró el sol... faltaban un par de horas. Sentía un sudor frío que le corría por dentro la camisa. ¿Estaba asustado? Sí... quizás. Pero se iba a fugar, pasara lo que pasara. Ya podía saborear esa cerveza mexicana fría... o el tequila. ¡Esa sí que es una buena bebida!

Mientras trabajaban, la luz del sol resplandecía brutalmente sobre la arenisca, convirtiendo el fondo de la cantera en un horno. Tocar descuidadamente el metal de la taladradora sin guantes abrasaba la piel, y al otro lado de la cantera dos hombres se habían desmayado del calor, pero Joe Harbin continuó su trabajo sin pausa. Tom Badger, más sosegado y más metódico, conseguía los mismos resultados. Badger no hacía ningún movimiento en vano, no desperdiciaba esfuerzo. Había trabajado mucho y conocía todas las mañas y trucos que facilitaban ese duro trabajo.

Miller, el guardia más cercano al final de la larga y abrasadora tarde, bajó hasta ellos. Terminaban la última perforación de su turno y se habían adelantado a los demás.

—Habéis superado el trabajo de todos los otros equipos. Id a devolver vuestras herramientas. Por hoy habéis hecho suficiente.

Badger se enderezó frotándose la espalda. —Gracias, señor. Tiene razón. Más vale que reservemos algo para mañana.

Badger recogió los taladros uno por uno y Joe Harbin cargó la taladradora doble sobre su espalda. En el instante que el guardia se distrajo, Badger dio un puntapié a un taladro, despidiéndolo entre las rocas, y los dos se alejaron despacio. Mirando hacia atrás, Badger vio como el encargado de la pólvora ya colocaba las cargas de dinamita en los agujeros, ajustándolas con un palo largo.

Los ojos de Badger recorrieron la cantera, medían distancias, imaginaban la escena y calculaban sus oportunidades. Miró a Gopher, que se esforzaba mientras empujaba una pesada carretilla de mano cargada de rocas. Tenía mal aspecto... nunca llegaría a cumplir toda su condena, pensó Badger.

Volviéndose, continuó caminando al lado de

Harbin hasta el cobertizo donde se guardaban las herramientas y donde un empleado cotejaba las herramientas a medida que se las entregaban.

—Esta noche habéis terminado temprano. Miller debe de estar enterneciéndose —le dijo el tipo a Badger, sonriendo—. Bien, Harbin. ¿Tienes tu taladradora?

Joe Harbin puso la taladradora en un estante en la puerta, y miró por encima del hombro. Tenía la boca seca y estaba asustado, pues en cualquier momento...

Badger había colocado los taladros en el estante y el encargado los miró. —Tom, te falta un taladro.

—Se me debe de haber olvidado —dijo tranquilamente Badger—. Tenía prisa por volver.

—Está bien, pero vuelve rápido a buscarlo. Ya conoces las reglas.

Badger se fue despacio, y cronometraba cada paso, porque sabía que le vigilaban. También sabía que cuando se agachara para recoger el taladro estaría momentáneamente fuera de la vista del guardia, que vigilaba a los otros prisioneros abajo en la cantera, y del encargado del almacén de herramientas.

Cuando empezó a bajar, supuestamente a buscar el taladro, de repente se apoyó sobre una rodilla, encendió un fósforo que tenía guardado para este motivo y prendió todas las cargas que recién habían colocado. Recogió el taladro y se alejó lentamente.

Sabía cuánto tardaría en quemarse la mecha, cuándo ocurriría la explosión y lo que debía de hacer luego si quería fugarse. Tom Badger era un hombre detallista y había planeado todo cuidadosamente, pero aun mientras planeaba había pensado en los yaquis. No había forma de prepararse para enfrentarlos.

Había que adelantárseles o, si era posible, derrotarlos.

Subió al cobertizo de herramientas. —Aquí está su taladro. ¿Satisfecho?

—Tom, no lo tomes a mal —dijo el encargado—. Son las reglas. Hay que acatarlas.

De repente, cuando se acercó para coger el taladro que le ofrecía Badger, se escuchó una explosión ensordecedora, y en ese mismo instante Badger maniobró el taladro y golpeó al encargado en la cabeza.

El sonido de la explosión se disipó entre un estallido de gritos, y después se escuchaban los gemidos de dolor de los heridos, tanto guardias como convictos. Al instante, Tom y Harbin corrieron hacia la cantera. El primer cuerpo que descubrieron fue el de Perryman, medio cubierto con rocas y arena. Tirando el cuerpo para liberarlo, Badger le quitó el cinto y la pistola, sacó los cartuchos del cinturón rápidamente y se colocó el arma en la cintura.

Joe Harbin cogió el rifle del guardia muerto y lo quebró contra una piedra.

Los convictos y los guardias luchaban por huir de la confusión de humo, polvo y ruinas. Algunos se tambaleaban, sangrientos, y empezaban a trepar por la cantera. Empujándoles, Badger salió de la cantera y corrió hasta el equipo y el carro que les esperaban cerca de allí.

De repente apareció el director, acompañado por varios guardias. Hizo una pausa abrupta y miró fijamente hacia abajo a la confusión en la cantera, mientras los guardias bajaban la rampa para ayudar a los que estaban más abajo.

Tom Badger se puso al lado del director y le colocó

la pistola entre las costillas. Harbin le rodeó por el otro costado y le sacó la pistola de la funda.

—Señor director, no tenemos nada contra usted, pero si quiere vivir, encamínese a ese carro.

—No lo haré...

—Señor director —advirtió Badger—, no tenemos tiempo para discutir. Venga, al carro.

El director empezó a protestar y Harbin le propinó un golpe en la cabeza con la culata del revólver. Aprisa, lo arrastraron hasta el carro y esforzándose lo metieron dentro. Tom Badger cogió las riendas y se dirigieron a la verja a buen trote.

Joe Harbin colocó al director delante y lo sostuvo para que lo pudieran ver. ¡El plan funcionaba! Ahora, si sólo...

—¡Alto!

Mientras Badger avanzaba el carro, otro guardia salió de la torre de vigilancia al lado de la verja con el rifle y les apuntó. —¡Alto, o dispararemos!

—Abran esa verja —pidió Badger—, o tendrán un director muerto en sus manos.

Indecisos, los guardias miraron a la derecha y a la izquierda en busca de ayuda, pero no había nadie. El director adjunto y los otros habían corrido a ayudar a los heridos en la cantera.

—Tienen tres segundos —advirtió Harbin—, o le vuelo los sesos y la emprendemos a tiros. ¡Uno!

Los guardias se miraban. Debían su trabajo al director, un hombre benévolo y agradable, aunque severo en lo que concernía al deber.

—¡Dos!

Uno de los guardias se volvió y caminó hasta la cuerda que abría la verja. Sin decir palabra empezó a tirar de la cuerda. La verja se abrió... despacio. Joe Harbin sentía cómo el sudor abría camino entre sus espesas cejas, y cómo los pelos se le ponían de punta en el cuello. En cualquier momento empezaría el tiroteo.

La verja se abrió y la atravesaron, paseando el caballo hasta que pasó el carro, y al momento empezaron a galopar.

Estaban en el borde de la colina. —¡Tíralo! —ordenó Tom, y Joe Harbin empujó al director, que todavía estaba inconsciente, del carro. Tom Badger azotó a los caballos con el látigo. Al instante irrumpieron a la carrera. Desde la torre cerca de la verja dispararon varios tiros de rifle, pero pronto quedaron protegidos por la colina.

De repente, por detrás escucharon repicar una campana, y Badger sacó el carro del camino y lo llevó hasta unos arbustos en la ladera de la colina. Continuaron a través de los matorrales, desplazándose sobre las rocas, pero manteniendo buen ritmo.

De repente, apareció un arroyo seco, y Badger giró y se metió dentro, donde el carro no metía ruido sobre la suave arena. Dieron la vuelta y Badger dijo: —Cuando pasemos la roca, suelta el equipo y montaremos los caballos. ¡Toma! —Se sacó una jáquima de la camisa y se la tiró a Harbin.

Rápidamente, les quitaron las guarniciones a los dos caballos y, colocándoles las jáquimas, montaron a pelo. Cabalgaron hacia el sur sobre la suave arena donde los cascos de los caballos no dejaban huella, solamente ligeras marcas sobre la tierra suelta.

Desde el arroyo cabalgaron hasta las vegas y para despistar se desviaron por un campo lleno de sauces que crecían al borde del río. De repente, Badger volteó a la izquierda y dejó atrás los sauces, montando de nuevo entre la arena de las dunas.

Joe Harbin lo seguía detrás a un caballo de distancia y no podía evitar admirarlo. Era obvio que Tom Badger había pensado en todo. Había entrado entre los sauces para no dejar huellas, y ahora las dejaba en un lugar donde sería difícil rastrearlos.

Badger seguía mirando hacia el cielo, y por primera vez Harbin pensó en la hora, que también habían elegido bien. Pronto se pondría el sol, y después oscurecería como siempre ocurre en el desierto. Continuarían cabalgando seguros hasta el alba.

Pero Joe Harbin era un hombre desconfiado. Badger lo había planeado todo, cada paso, pero... ¿qué planes tenía cuando consiguieran el oro? Era algo que le perturbaba pensar, pero Joe Harbin había reflexionado y se preguntaba hasta dónde quería llegar con Badger.

Pero necesitaban ese barco, y Harbin no estaba nada seguro de poder manejar solo a la tripulación del barco. Estaba seguro que Badger también tenía un plan para eso, y Harbin podría necesitar su ayuda. Es más, si los yaquis les perseguían, se necesitarían mutuamente. No sería nada fácil despistar a los yaquis, que conocían muy bien el desierto.

Badger paró entre las dunas de arena y esperó a que Harbin se acercara.

—Joe, dime la verdad, sin rodeos. ¿Alguien sabe dónde está escondido el oro?

—¿Estás loco? Nadie lo sabe.

Badger reflexionó. Si nadie lo sabía, era improbable que los yaquis o el director de la prisión supieran en qué dirección iban porque, a pesar de que huían, cabalgaban hacia el este en lugar de hacia el sur... por lo menos hasta que localizaran el oro.

Pero si alguien sabía, y se lo decía al director, podrían estar esperándoles cerca del oro. En ese caso, más valía que dieran marcha atrás.

—Si me estás mintiendo —dijo Badger—, será tanto tu cuello como el mío. Si alguien más sabe donde está ese oro, o tiene alguna idea, puedes estar seguro que lo sabrá más gente, y nos estaríamos metiendo en una trampa.

—Nadie lo sabe —dijo Harbin secamente.

Pero alguien sí lo sabía, pensaba Harbin. Esa chica lo sabía... a él se le había ido la lengua cuando debería haber estado escuchando.

Al infierno, ¿qué importaba? Ella probablemente se había ido hacía mucho tiempo del territorio.

CAPÍTULO 3

CUANDO EL SOL todavía llevaba más de media hora encima del horizonte, Dan Rodelo tomó el sendero. Siempre le había gustado caminar, algo raro entre los vaqueros, y ahora lo disfrutaba. Después de un año en la cárcel, le era agradable pasear a buen paso por campo abierto. Sobre todo, le daba tiempo para pensar... y planear.

Todavía no había oscurecido cuando oyó el ruido de un carro detrás de él. Se volvió y vio acercarse a un tiro de cuatro caballos, tirando de un carro detrás del cual iba atado un caballo. En el carro había dos hombres y una mujer.

Cuando llegaron a su altura, se pararon. —¿Va a algún lugar, señor?

—A Gold City.

—Si busca oro, no se moleste. El único oro que tienen allí es el del nombre.

—Podría tener suerte.

—Súbase. Vamos en esa dirección. —El hombre más corpulento se dirigió al tiro, los sacudió ligeramente con las riendas y el carro salió rodando con Rodelo en la parte trasera, sentado cerca de una muchacha que pensó era muy atractiva.

—Es un pueblo fantasma, señor. Lo sabe, ¿verdad?

—No es un pueblo fantasma del todo. El viejo Sam

Burrows todavía está por allí. Regenta un colmado y una cantina. Le dejé mi caballo hace algún tiempo.

—Parece un lugar bien remoto para dejar un caballo —comentó el grandullón.

—Así parece, ¿verdad?

Dan Rodelo miró a la muchacha, que lo observó fríamente, sin mostrar interés. Los dos hombres de vez en cuando intercambiaban comentarios, y Rodelo se enteró que se llamaban Clint y Jake.

La noche era serena, y cuando los caballos se detuvieron para subir un largo cerro, no se oía otra cosa que sus pasos. Dan Rodelo estiró las piernas. Se sentía bien cabalgar. Se acomodó la pistolera y captó la mirada de la muchacha cuando ella la notó.

Ellos se preguntaban quién sería él, igual a él, que se estaba preguntando sobre ellos. Dos hombres y una muchacha camino a Gold City. ¿Para qué?

Gold City no sólo era un pueblo fantasma; también era el final del sendero. Allende sólo había desierto... un desierto vacío hasta la frontera y mucho más allá. Dan Rodelo no era realmente desconfiado, pero se preguntaba si alguien más tenía su misma idea. Sería cosa de tener cuidado, mucho cuidado.

Gold City consistía en una desvencijada tienda y una taberna que estaban al subir tres escalones desde la calle debajo del alero. Enfrente había una casa de adobe en ruinas, y por la calle principal y en las calles laterales había unos cuantos edificios abandonados. No había ni un árbol, sólo arbustos de creosote, matorrales quebradizos y ocotillo esparcidos por doquier.

Sam fumaba su pipa en el porche viendo acercarse el carro. El perro a sus pies gruñó y se tranquilizó.

Sam tenía una pistolera que podía usar, y había una escopeta de caza colgada de la puerta.

Cuando el carro se detuvo, sus ojos viejos y cautos estudiaron a los ocupantes, deteniéndose en Rodelo.

—¡Hola, Sam!

—Bendito sea, es Rodelo. No sabía que estuvieras en libertad.

Dan se dejó caer y dijo: —Estos desconocidos me trajeron en su carro. Han sido muy amables.

Enfatizó la palabra "desconocidos", y Sam entendió en seguida. Él les miró sonriendo. —Muchachos, supongo que os hará falta alguna cosa.

—¿Tiene güisqui? —preguntó Jake.

—El mejor del pueblo —contestó Sam. Se levantó con un esfuerzo y se arrastró cruzando la puerta delante de ellos—. No es que tenga mucha competencia.

Les colocó dos vasos y una botella delante y miró a la muchacha. —¿Y usted, señorita, quiere un café?

—Muéstreme donde está y yo lo preparo.

—Al pasar la puerta encontrará todo lo que necesita.

—Tiene usted muy buen inventario para un pueblo fantasma —comentó el hombre llamado Clint.

—No estamos tan solos como muchos piensan. Vienen muchos ganaderos, y a veces la guardia montada de Arizona o algunos empleados de Wells Fargo. También vienen prospectores y gente de ese estilo.

—No pensé que hubiera nada entre aquí y el Golfo.

—No lo hay. Desde Puerto Isabel, allí abajo, se envían algunas reses. Eso es todo —hizo una señal con la cabeza hacia el desierto—. Ese territorio está abandonado por la mano de Dios.

Sam llenó los vasos. —Bébanse uno a mi salud. Me gusta tener compañía, y cualquier amigo de Dan es amigo mío —les miró inocentemente—. Hay suficiente alojamiento en este pueblo. ¿Señor, de dónde es usted?

—De Flagstaff —contestó Clint.

Jake cambió de postura y miró irritado a Clint.

—Aquí no hay mucho que ver, a menos que hagan prospecciones —dijo Sam.

—¿Hay algo malo en eso?

—Usted sabrá lo que hace.

—Eso desde luego, viejo —Jake tiró su bebida—. Vámonos, Clint.

—Todavía no se han tomado el café.

—Era para Nora —Nora Paxton. Si quiere café, que se lo tome. Yo quiero encontrar un lugar para acostarme.

—Iré a ver si la señorita necesita ayuda. —Sam se volvió y caminó hacia la puerta detrás del bar, pero Jake se interpuso en su camino—. Caballero, de eso me ocuparé yo.

Dan Rodelo estaba sentado inmóvil. Había encontrado una silla de cocina al final de la barra y se había sentado allí para no molestar, pero poder verlo todo. Escuchaba el murmullo de voces desde la cocina, pero no distinguía lo que estaban diciendo.

Nora estaba parada delante de la estufa cuando entró Jake Andrews. —Nos vamos a dar una vuelta a ver si encontramos la casa de adobe —dijo—. No queremos que nadie nos siga, ¿escuchaste?

—Haré lo que pueda.

—No hagas demasiado. No sé quién es ese tipo, pero no me gusta. Además, acaba de salir de Yuma.

Nora Paxton lo miró exaltada. —¡Allí es donde está Joe Harbin!

—Tienes razón. ¿Cómo sabemos que no es amigo de Joe? Ten cuidado.

Cuando salió Jake, ella llenó una taza de café y la llevó con la olla al otro cuarto.

Dan Rodelo estaba de pie. Ella lo miró, viéndolo bien por primera vez porque no se había atrevido a mirarlo mucho mientras Jake Andrews y Clint Wilson estaban cerca.

Era alto, ancho de espaldas, flexible, de piel oscura, cara delgada y pómulos altos. Vestía bien para un hombre que acababa de salir de la cárcel, así que debía de ser la ropa que llevaba cuando entró.

—Más vale que busque algún sitio para dormir —dijo Rodelo.

—¿Tan pronto? La fiesta acaba de empezar —dijo Nora.

—¿Qué fiesta?

—La que vamos a organizar. —Le puso la taza delante y colocó la olla en la mesa—. Iré por más tazas. —Al darse la vuelta, vio la guitarra en el estante—. Sam, ¿tocas la guitarra?

—Un poco... cuando estoy solo. Dan tocaba muy bien. Dan, ¿te animas a tocar?

—Ahora no —contestó Rodelo.

Afuera, Clint caminó hasta el carro y cogió un farol, levantó el globo y con un fósforo encendió la mecha. El primer fósforo se apagó, pero el segundo prendió la mecha y colocó el globo en su lugar.

Jake se acerco a él. —Creo que es por allí —dijo.

Pasearon juntos y levantaron el farol para mirar las casas al otro lado de la calle. Por fin, vieron la casa de adobe que buscaban. Tenía la puerta entreabierta. Encima de la puerta había una herradura que había sido clavada con la parte delantera por debajo, pero los clavos de encima se habían caído y la parte abierta de atrás del zapato apuntaba hacia la tierra.

Jake dudó porque no le gustaba lo que estaba viendo. —Clint, mira eso. La suerte se ha acabado. Cuando un zapato cuelga así quiere decir que la suerte tocó fondo.

—¿Qué nos importa? No es nuestro adobe, o sea que no es nuestra suerte. ¿Qué le habrá pasado al tipo que clavó el zapato allí arriba?

—Quizás sea una señal. Quizás se nos ha acabado la suerte.

—Maldita sea, no digas tonterías.

Clint le empujó a un lado y entró al cuarto. Era un cuarto blanco, sencillo, con una chimenea y cuyos únicos muebles eran una mesa rústica, dos sillas y dos literas apoyadas en la pared del fondo. Clint localizó un gancho en la cadena que colgaba de la viga central y colgó el farol.

—Ahora estamos solos con cincuenta mil dólares.

—¿Pero dónde estarán?

—Eso depende de nosotros. Lo único que pudimos averiguar fue esto: una casa de adobe en esta calle que tenía una herradura encima de la puerta.

—¡Mujeres! Primero fue la chica esa de Harbin, y ahora esta Nora Paxton que insististe en traer.

—No metas a Nora en esto. Es una chica decente.

—Bien, me olvidaré de ella. Pero, ¿dónde esta el oro?

Jake Andrews revisó el cuarto, y estudió el suelo.

Sabía que normalmente los tesoros eran enterrados. Miró el piso cuidadosamente. Estaba construido de tablas de madera desiguales, sólo unas cuantas cubrían la longitud entera del suelo y ninguna llamaba la atención. Obviamente, habían colocado el suelo después de construir el adobe para aprovechar las tablas de edificios más antiguos.

—Tuvo que dejar alguna marca —dijo Jake—. ¿Cuál será?

—Amigo, te olvidas que él *sabía* donde lo enterró.

—Da igual, no creo que quisiera arriesgarse. Sabría que el paso del tiempo y el polvo cambian el aspecto de las cosas. Aunque no lo recogiera al día siguiente, imaginó que no se quedaría aquí mucho tiempo. Apostaría cualquier cosa a que dejó una señal en algún sitio.

El encale era muy antiguo, pero parecía intacto. Si algo estuviera oculto allí se notaría. También aparentaba que la chimenea no se había tocado. Jake volvió a examinar el suelo. Se puso de cuclillas y estudió la totalidad.

—¡Clint! —exclamó de repente—. ¡Mira!

Señaló la sección de una tabla, pero Clint tardó unos instantes en ver lo que Jake le señalaba. Entonces lo vio: era una burda flecha de clavos oxidados.

Los clavos sujetaban la tabla, pero había una fila más y un par de clavos que formaban una flecha. Sería una casualidad? ¿O sería la pista que buscaban?

—Arranquémosla. —Jake miró alrededor y regresó a la puerta con el farol—. Creo que vi un pico afuera de la puerta —comentó.

Clint esperó y miró fijamente la tabla. Allí estaban los cincuenta mil dólares. Con ese dinero uno podría hacer muchas cosas.

Jake regresó y colocó el farol en el piso. —Encontré un pico sin mango —dijo.

Metió el pico en una apertura entre las tablas y lo tiró hacia atrás. Los clavos cedieron fácilmente de la tabla mohosa. Un segundo tirón con el pico fue suficiente para soltar la tabla y esparcir los clavos por doquier. Ávidamente, Clint agarró la tabla y la arrancó. Allí estaba una caja de madera precintada con cinta de hierro.

—¡Aquí están! —dijo Jake—. ¡Cincuenta mil dólares!

—Sí —Clint dijo rotundamente—. Lo logré.

Jake miró hacia arriba inquisitivo. Su expresión cambió despacio. Clint le apuntaba con el revólver.

—¡Clint! Tú...

El orificio de la pistola se iluminó, el tiro tronó dos veces en el viejo y vacío adobe. Jake Andrews se tambaleó hacia delante, con la boca abierta como si quisiera hablar.

Clint enfundó su pistola y, arrodillándose, sacó la caja por el agujero que había hecho en el suelo. Con el pico abrió la caja, quebrando la sólida madera, y maldijo.

La caja contenía cartas viejas, escrituras y otros documentos legales. Agarrando los papeles con ambas manos, sacó un manojo y lo tiró al suelo. No había señal de dinero. Desesperado, hurgó arañando el fondo de la caja... nada.

Calle arriba oyó un portazo y a alguien que corría.

Incorporándose de un salto, miró alrededor, corrió

hasta la puerta y se asomó. Dan Rodelo venía por la calle principal, y Nora iba detrás.

Como una centella, empuñó la pistola y disparó, consciente aún mientras apretaba el gatillo que se había apresurado y que fallaría el tiro.

Al otro lado de la calle Dan se refugió en las sombras, gritando a Nora al mismo tiempo. —¡Quítate de la luz! ¡Te matará!

Clint se apartó de la puerta, vio a Nora y apuntó la pistola. Viendo el fogonazo del cañón, Dan disparó. Clint perdió la pistola y se refugió en el edificio. Rodelo cruzó rápidamente la calle, revólver en mano.

Clint corrió hasta el cuerpo de Jake, lo levantó con la punta de la bota y le quitó la pistola con la mano sana.

—¡Déjala caer! —Rodelo estaba en la puerta—. No quiero matarte.

Nora miró fijamente al cuerpo de Jake, y de repente levantó los ojos a Clint. —¡Tú lo mataste! *¡Tú!* Arrebatándole el revólver a Jake, lo alzó, pero antes de que pudiera disparar, Dan le arrancó la pistola de la mano.

—Nora, puedo necesitarlo.

—Tú —hizo señas a Clint con el revólver—. Métete en esa litera.

—¿Cuál es la idea?

—Esperaremos un buen rato. Ponte cómodo.

—¿Y mi mano?

Rodelo miró la mano que sangraba. No parecía más que un rasguño. —Véndatela. No perderás mucha sangre. —Gesticuló hacia el hombre muerto—. Tienes más suerte que él.

—¿Por qué no le pegas un tiro? —preguntó Nora—. Intentó matarte.

—Yo no soy la ley, ni la justicia. Pero si me dispara de nuevo, lo mataré.

—¿Qué pasó con Sam Burrows? —preguntó Nora—. Ni siquiera salió a la calle.

—¿Por qué ha de salir? Sam sigue vivo porque no se mete en camisa de once varas.

Rodelo recogió las pistolas y se las metió en la cintura. Estaba convencido de que antes de que terminara la noche necesitaría todo el plomo disponible.

—Regresaré para terminarme el café —dijo finalmente Nora.

Él la miró pensativamente. —Adelante, sin prisas.

En el cuarto reinaba el silencio. El farol iluminaba la habitación en penumbra, y Clint, tumbado de espaldas, pensaba mientras se curaba la muñeca. Dan Rodelo sabía lo que pensaba y que, si le daba una oportunidad, Clint lo mataría como había matado a su compañero.

El problema de Clint era que no sabía qué hacer. Quería el oro, y debía estar por allí en alguna parte; pero cuando creyó haberlo encontrado, asesinó al hombre que podía saber donde estaba. ¿Habría una pista entre todos esos papeles? ¿En cuál? ¿Y qué tipo de pista?

Mientras esperaba, Rodelo pensaba en Clint. El tipo quería matarlo, pero no se arriesgaría hasta que tuviera el oro o supiera dónde estaba.

Escuchó pasos y Rodelo salió fuera. Era Nora que traía el café y unas tazas.

—Sam me dijo que lo trajera, que nos vendría bien. Colocó una taza en la mesa, la llenó y se la entregó a Rodelo; después puso una para Clint y otra para ella.

Dan dejó que Clint y Nora cogieran sus tazas

primero. Nora, notándolo, le preguntó: —¿No confías en mí?

Él le sonrió. —No, no cuando hay cincuenta mil dólares en juego.

Ella bebió el café a sorbos, y él, todavía sonriente, la imitó. —Haces un buen café —comentó—, y no hay nada mejor.

Escuchó en la oscuridad, alerta a cualquier sonido extraño. Vendrían, de eso estaba seguro. ¿Pero cómo podía estar tan seguro? Cuando salió, se habían quedado encerrados en la prisión de Yuma, pero de Yuma se habían escapado muchos, y si alguien podía hacerlo, era Tom Badger.

Su esperar y su escucha parecían mofarse de los dos con él. Era deliberado, porque esperaba alguna reacción de ellos. Tenía que localizar ese oro.

—¿Esperas a alguien? —preguntó Nora.

Asintió. —Sí. A los hombres que enterraron el oro.

Clint giró y levantó la cabeza.

—¡Pero si están en la prisión de Yuma! —objetó Nora.

—Me apuesto lo que sea que llegarán aquí antes del amanecer —dijo Rodelo serenamente—. Antes de que salí del pueblo, se organizó una buena en la cárcel. Apostaría que eran ellos.

Clint se incorporó. —¡Nos matarán a todos! —exclamó—. ¡A todos nosotros!

—Puede ser, pero no estoy tan seguro.

CAPÍTULO 4

TOM BADGER SE paró y sacó su caballo del sendero. —Joe, escóndete. Alguien se acerca.

Harbin se dio la vuelta y empuñó el revólver. —No quiero ver a nadie ni que nos vean a nosotros.

El caballo se acercaba al galope. La cabalgada cesó ante ellos. El jinete estaba de pie en los estribos, para ver si escuchaba algo.

—Deben haberse desviado —dijo el jinete—, no los oigo. —Habló en alto a sí mismo, como hacen los hombres que andan solos.

—¡Demonios! —dijo Harbin exasperado—. ¡Es Gopher!

Cabalgaron a su encuentro, Tom Badger más molesto que Harbin. El sendero que habían seguido, estaba seguro, se había perdido en el río, y los yaquis les perseguirían hacia el sur. Gopher no sabía cómo evitar dejar huellas, y podrían haberle seguido hasta aquí mismo. En ese caso, todos sus esfuerzos habrían sido en vano.

—Caballeros, me lo pusisteis fácil —dijo Gopher—. Cuando os fugasteis, todos se animaron y querían ir a perseguiros. Tres de nosotros huimos. Me imagino que a los otros dos les pegaron un tiro.

—Continuemos —dijo Badger impacientemente—. Rodelo estará de vuelta antes de que lleguemos a Gold City.

En la callada noche sólo se escuchaba el crujir de las sillas de montar. Tom Badger iba de primero, paseando despacio a su caballo hasta que alcanzó el polvo del sendero. De repente, se lanzó a medio galope y los otros le siguieron.

Gopher era un problema que se podría solucionar por sí mismo. Gopher había tenido suerte en poderse escapar, porque era un inepto; pero no siempre tendría suerte, y los días que se avecinaban no dejarían mucho margen a la suerte.

Cuando llegaron a Gold City, pasearon sus caballos por la calle. Una luz iluminaba la tienda, pero no pararon. Calle abajo observaron una luz en la casa de adobe.

—Se nos adelantó —dijo Badger.

—Está en el adobe —dijo Harbin—. Pero no quiere decir que haya encontrado mi tesoro. Soy el único que sabe donde está.

—Probablemente lo encontró y se marchó —dijo Gopher.

—¿Y dejó la casa toda iluminada?

Joe Harbin llevó su caballo al edificio más cercano al adobe, se bajó y sacó la pistola.

Dentro del adobe, Dan Rodelo esperaba tranquilamente. Nora se había retirado a una esquina fuera de la línea de fuego. Clint miraba desde el borde de la litera. —Ahí afuera hay más de un hombre —dijo—. ¿Vas a enfrentarlos tú solo?

—Así es.

—Eres un necio. —Clint lo miraba—. ¿Y qué saco yo de todo esto?

—Tú te la buscaste. Mataste a tu compañero. Puedes quedarte ahí sentado tranquilo, o puedes salir corriendo. Hasta puede que consigas escaparte.

—Me quedaré aquí mismo.

—Haz eso. Joe Harbin está allí fuera.

—¿Y?

—De la única manera que te has enterado de lo del oro es por esta muchacha. Y Joe es un hombre sumamente celoso.

—¡No fui yo! —protestó Clint—. Fue Jake.

—Pues cuéntaselo a él. Quizás hasta te escuche.

Desde fuera se oyó el raspar de una bota contra la piedra, y una voz gritó: —¡Danny, sal fuera!

—Bien, aquí están, Clint —dijo Rodelo—. Quédate sentadito ahí mismo y se imaginarán que eres mi socio en este negocio.

De repente, Clint se levantó. —Me quiero largar. Quiero salir ahora mismo de aquí.

—Adelante.

Clint caminó hasta la puerta, se detuvo y dijo: —¿Me das un revólver?

Dan Rodelo se sacó una pistola del cinto y se la dio a Clint por la culata. —Ahora ponte enfrente de la puerta. Si volteas, dispararé.

Clint agarró el revólver y caminó hacia la puerta. —No soy Danny —gritó—. ¡Quiero salir para que hablemos!

Dan Rodelo estaba en la puerta trasera y empezó a abrir el pestillo con cuidado.

—Bien —dijo la voz de Joe Harbin claramente—. Pero salga con las manos arriba.

Clint abrió la puerta empuñando la pistola, salió rápidamente y disparó. Tres pistolas le derribaron antes de que pudiera disparar el segundo tiro.

—Quédate ahí —le susurró Rodelo a Nora, y como si fuera una sombra, desapareció en la noche.

Gopher traspasó el umbral de la puerta y se detuvo a mirar al muerto en el suelo. Entró en el cuarto, seguido por Harbin y Badger.

Tom Badger miró alrededor del cuarto lentamente y miró fijamente a Nora y al cadáver en el suelo. —Dale la vuelta —le ordenó a Gopher.

El reo se arrodilló y le dio la vuelta al cuerpo de Jake. —No es Danny —dijo, sorprendido.

—Es Jake Andrews —afirmó Harbin. —Y Clint Wilson es al que matamos.

—¿Clint *Wilson*?

—El mismo —contestó Harbin gravemente. Miró a Nora—. ¿Y de quién es esta muchachita?

—Yo estaba con esos hombres... No soy ninguna muchachita. Soy Nora Paxton.

—Consigamos lo que vinimos a buscar —dijo Tom impacientemente—. Joe, olvídate de las mujeres por un minuto. Habrá suficientes en México.

—¿Estabas con ellos? —insistió Joe.

—Viajaban al Golfo, que es donde quiero ir. Se ofrecieron a acompañarme, y no me quedaba otra opción.

—¿Al Golfo? ¿Por qué al Golfo?

—Por negocios... *mis* negocios, que no son tema de su incumbencia.

Harbin sonrió. —Señorita, no quise ofenderla. Si quiere, puede venir con nosotros.

Ahora Badger era el quien la miraba. —¿Cómo esperaban llegar al Golfo?

—Calle arriba tenían un carro, y se iban a Papago Tanks.

—¿Y después?

—Entre aquí y el Golfo sé donde hay una charca de

agua. Es una de las razones por las cuales querían que les acompañara.

—Nunca he escuchado hablar de ninguna charca —dijo Badger.

—Pues hay una... una buena alberca de agua permanente y dulce.

—Si es así —dijo Joe—, se nos acabaron los problemas. De acuerdo, puedes venir con nosotros.

Badger miró la caja y los papeles desparramados por el suelo. —No veo ningún oro. ¿Estás seguro que Rodelo no lo encontró y se lo llevó?

—¿Es el tipo que estaba aquí hace un momento? ¿El joven alto y moreno?

—Ése es nuestro Danny.

—No llevaba nada cuando salió de aquí. —Ella agregó—: Clint le disparó a Jake. Pensó que habían encontrado el oro cuando Jake encontró esa caja, y le asesinó sin más.

—No es la primera vez que Clint hace algo al estilo.

Nora le escuchaba. ¿Estaba Dan Rodelo fuera? ¿Qué estaba tramando?

—Consigue el oro —ordenó Badger—. ¡Y salgámonos de aquí!

Harbin agarró un atizador oxidado de la chimenea y puso una silla debajo de la viga central que cruzaba el cuarto de un extremo al otro. Se puso de pie en la silla e insertó la punta del atizador en una abertura, forzándola. Un pedazo de viga se levantó, descubriendo un compartimiento que tenía dentro. Cuando intentó abrirlo una pieza de oro cayó al suelo. Nora lo recogió y se lo dio a Badger. —Es oro de verdad —dijo.

Harbin saboreaba su victoria con una sonrisa.

—¡Seguro que lo es! Y hay suficiente, cariño.

Badger se volvió a Gopher. —Ve por las alforjas. ¡Date prisa!

Cuando se marchó, Harbin dijo: —¿Qué hacemos con él?

Badger se encogió de hombros. —Nos hace falta en el viaje. Cuando lleguemos a Mazatlán, le damos cincuenta dólares y lo mandamos a pasear.

Gopher regresó cargando dos pares de alforjas, y rápidamente empezaron a cargarlas de oro. —Esto va a pesar mucho —comentó Tom pensativamente—. Sería mejor si tuviéramos uno o dos caballos más.

Mientras tanto, Dan Rodelo entró por la puerta principal sigilosamente. Empuñaba una pistola en la mano derecha, y cuando entró se retiró de la puerta y les observó. Tom Badger fue el primero que lo vio, y puso las manos en alto cuidadosamente. Nunca había visto disparar a Dan Rodelo, pero sospechaba que sabía hacerlo bien.

—Esto es todo —dijo Harbin.

—Déjame ver —suplicó Gopher.

—Adelante.

Gopher se subió en la mesa y metió la mano por el agujero buscando. —¡Lo conseguí! —gritó, retirando la mano y pegándose un golpe con el borde de los nervios—. Dos.

—Quédatelos —dijo Harbin—. Ésa será tu parte.

—¿Quieres decir que es lo único que voy a conseguir?

—Estás fuera de la cárcel, ¿no es así?

—¡Joe Harbin, el del buen corazón! Siempre fuiste

un hombre generoso —dijo Dan Rodelo suavemente, y Joe Harbin abrió la mano como si fuera a desenfundar.

—Ni lo intentes, Joe.

Harbin y Gopher levantaron las manos lentamente. Joe se volvió cuidadosamente, sonrió a Rodelo y dijo: —Danny, ¿cómo estás? Conmigo no necesitas esa pistola. Somos amigos, ¿recuerdas?

Rodelo sonrió. Harbin no le aguantaba y lo sabía. —¿Entonces no te molestará que me lleve mi parte?

—Hablas como un demente. Sabes que solamente yo hice ese trabajito.

—Y cumplí condena por esto.

—¡Salgamos de aquí! —interrumpió Badger—. Tendremos a las autoridades detrás de nosotros si no lo hacemos, y después no habrá nada para nadie.

Recogió un par de alforjas y se volvió hacia la puerta. —Vamos. Cogeremos su carro y llevaremos a los caballos detrás.

Dan Rodelo no se movió. —¿Y hacia donde creéis que vais?

—Al sur. ¿Por qué?

—Será la peor ruta. Ir primero hacia el este y bajar por el lado occidental de los Gilas. Cuando hayan rastreado todo lo demás, estaréis a bordo del barco en el Golfo.

Ellos lo miraron sospechosamente. —¿De qué hablas? ¿Qué barco es ese? —dijo Harbin.

Dan Rodelo hizo un ademán con el cañón de la pistola. —Carguen todo. Tienes razón, Badger, no tenemos mucho tiempo. Cometiste un error cuando le pegaste al director de la cárcel. Es un buen hombre, pero feroz cuando lo provocas, y te has pasado de rosca con él.

—¿Qué quieres decir? —exigió Harbin.

—Que no desistirá lo más mínimo. Tenéis que escapar lo más rápido y lo más lejos posible. El director, como sabes, fue militar y tiene amigos a lo largo de la frontera mexicana a los que ayudó cuando hubo problemas con los apaches. Él conseguirá que también os persigan.

Transportaron el botín a toda velocidad hasta el caballo, después de indicar a Nora que fuera delante, y Dan Rodelo salió detrás. Gopher llevaba el farol.

Montaron los caballos y regresaron a la tienda y fueron hasta el carro que Jake y Clint habían manejado a Gold City.

—¿Qué hacemos con ése? —Harbin gesticuló hacia la tienda.

—Olvídate de él —dijo Rodelo—, conoce a todo el mundo de aquí hasta El Paso, y nunca se ha ido de la lengua. Conviene ser amigo de Sam Burrows, pero si lo ofendes, tendrías que huir no sólo de la ley sino de los bandidos.

—En el carro hay agua —dijo Nora—. Llenamos unas latas y sacos con agua antes de salir.

—Necesitaremos más —dijo Rodelo. Se volvió hacia Gopher y metió la mano en el saco para sacar una pieza de oro—.Toma esto y vete a comprar todos los sacos de agua y cantimploras que haya en la tienda. Después las llenaremos. Es un viaje demasiado largo para andar sin agua.

El calor del desierto proseguía y no había brisa.

Sólo las estrellas que resplandecían en el firmamento encima de ellos parecían frescas. Todo estaba inmóvil. Dan Rodelo se quedó parado para ver como se preparaban. Miró los sacos y las cantimploras llenas; todas se necesitarían para ese infierno que les acechaba al sur. Había charcas y aljibes hasta la frontera, y quizás también hubiera más allá, pero sólo él sabía —y mejor que los demás— lo impredecibles que eran esos aljibes del desierto.

Intentó recordar cuando había llovido por última vez, pero en Yuma llovía poco y muchas lluvias eran locales. El desierto al sur era un auténtico infierno, y además, nadie había intentado cruzarlo en carro por la ruta que él pensaba tomar. Pues, ya se enterarían cuando llegara el momento.

Cuando terminaron se metió dentro de la tienda.

—Gracias, Sam —dijo—. Es una alegría tener a mi caballo de nuevo.

—Ese grullo es un caballo de armas tomar —dijo Sam—. Casi deseé que no regresaras.

—Este caballo es de estos territorios, del sur de aquí. Cuando le eché el lazo era un bronco de dos años. Si las cosas se ponen mal por el sur, necesitaré un caballo como éste. Creo que conoce todas las charcas de Sonora.

Sam colocó las palmas de las manos sobre la barra y se le acercó. —Te estás jugando el cuello, muchacho. ¿Estás seguro que no necesitas ayuda? Te podría enviar alguna...

—Es mi trabajo, y lo haré.

—Que yo sepa —dijo Sam—, Joe Harbin ha matado a once hombres en tiroteos.

—Sí. —Rodelo se puso serio—. Pero el que me

preocupa de verdad es Badger. Es astuto como un lobo de pradera.

—Le viene de cuna. Su padre era mestizo y crió mal a sus hijos. —Sam hizo una pausa—. Esa muchacha no parece de su clase. No le comprendo.

—No. —Rodelo dudó—. Si puedo, intentaré que la dejen contigo.

—Podría llevarla a la diligencia. Comprarle un boleto para donde ella quiera ir.

Dan Rodelo caminó hasta la puerta y se detuvo. —Sam, apaga la luz.

Cuando el cuarto se quedó a oscuras, caminó hasta la puerta y salió.

—No te fías de nadie —dijo Harbin.

Dan se acercó hacia ellos. —Me fío de ti, Joe. Pero quiero evitarte problemas de conciencia. Eso es todo.

Se detuvo cerca de ellos. —¿Qué pasa con la muchacha? Nos espera un viaje duro. ¿Por qué no la dejamos aquí?

—¡Estás loco! Ha visto el oro, nos ha oído hablar. No podemos dejarla.

—Es tu decisión, Joe.

Harbin volvió la cabeza. Sus ojos eran dos agujeros negros en la oscuridad bajo el borde de su sombrero. —¿Por qué yo?

—Usted es el asesino de este grupo.

—¿Yo? ¿Dispararle a una mujer?

—Estamos perdiendo el tiempo —susurró Nora—. Joe no me dispararía, y tampoco el resto de vosotros. Vámonos... y guarden su munición para los yaquis o los yumas o lo que sean.

Dan Rodelo tomó las riendas y dio la vuelta al carro hasta el sendero. Los caballos seguían detrás atados con sogas. Al principio manejó despacio y más tarde al trote hasta que alcanzaron el camino del este. Allí redujo la velocidad, permitiendo que los caballos tomaran su tiempo, y al rato los llevó de nuevo al trote. En la parte posterior del carro Badger se tumbó al lado de Harbin para dormir. Gopher se acurrucó contra la compuerta.

—No le entiendo —susurró Nora—. ¿Qué es lo que hace usted?

Rodelo le sonrió. —Qué noche tan bonita, ¿verdad?

—¡Casi consigue que me maten!

—Joe Harbin no mataría a una mujer sin motivo, a menos que necesitara su caballo, u otra cosa.

—¿Y entonces?

—Te mataría, eso está seguro. Te mataría y se olvidaría sin más.

CAPÍTULO 5

AHORA AVANZABAN FIRMES hacia el sur, a su derecha las impresionantes cumbres y cimas de la cordillera de Gila. El aire estaba fresco y agradable, e iban a buena velocidad, deteniéndose de vez en cuando, o después de subir alguna cuesta, para dejar que descansaran los caballos. No tenían ganas de hablar. Al rato, Rodelo le entregó las riendas a Harbin y se durmió en la parte posterior del carro.

Más tarde Badger se incorporó y encendió un cigarrillo. Miró a Rodelo. —¿Estás despierto?

Rodelo se despertó al instante. —Sí.

—¿Hasta dónde llegan estas montañas?

—Hasta la frontera.

—¿Hay algún camino para atravesarlas?

—Sí. Conozco un par. Es posible que los indios conozcan otros.

Badger se puso pensativo. —¿Conoces bien este territorio?

—Tan bien como cualquier blanco, me imagino, pero no del todo. Es un territorio con poca agua, y esa difícil de encontrar. Hay gente que murió cerca del agua en Tinajas Altas... el agua está en aljibes en las rocas arriba del sendero.

—Eso ya lo sabía —Badger parecía preocupado—. ¿Sabes si hay agua en Pinacate? Ésta me dijo —señaló la chica que dormía— que al suroeste de Papago Tanks hay un manantial.

Dan Rodelo soltó la pistola para intentar ganar tiempo. ¿Cómo demonios sabía ella *eso*? Era un lugar inhóspito que juraría ni los yaquis conocían. Quizás los yumas... desde luego, era su territorio, pero ¿por qué conocía ese lugar Nora Paxton?

—Sí —dijo a regañadientes—, existe. No es fácil descubrirlo, pero existe. —Luego añadió—: Aunque no esperes que en el desierto un manantial siempre tenga agua. Todos se secan de vez en cuando, o tienen poca agua.

Una hora antes del amanecer detuvieron el carro, echaron agua en un sombrero y abrevaron los caballos. —Será mejor que aprovechemos para comer —dijo Rodelo—. Dios sabe cuando volveremos a tener otra oportunidad.

—¿Estás seguro que nos encontrarán?

—¿Los yaquis? Ni lo dudes.

Hicieron una pequeña hoguera y prepararon café y huevos con tocino, y lo comieron con el pan que le habían comprado a Sam.

Rodelo era cauto. Ni Harbin, ni Badger eran de fiar; en cuanto a Gopher, era probable que no hiciera nada si los otros dos no le incitaban; de todas formas, convenía tener cuidado. Evitó mirar el fuego para no dañarse la visión nocturna, y no perdió a los otros de la vista ni un instante.

Apagaron el fuego y continuaron, pero ahora el sendero iba alejándose de las montañas y aproximándose al fondo del valle. Les rodeaba el desierto de Lechuguilla.

Rodelo no dudaba lo que pasaba al otro lado de

las montañas. Los yaquis, dirigidos por Hat, el veterano rastreador de presos fugados, estarían buscando su sendero. Primero Hat habría torcido al sur para acortar los senderos hasta el desierto, después irían este y norte. Si no encontraban huellas, irían más allá del río, pero lo dudaba por el carro. Al no encontrarlo, los indios creerían que los fugitivos todavía lo utilizaban.

Hat entendería en seguida la situación, y buscaría huellas cerca de las dunas. Tardarían más, pero al menos una docena de yaquis buscarían las huellas. A estas alturas Hat habría encontrado alguna huella y estarían de camino por el sendero.

¿De cuánto tiempo disponían? Hat rastrearía los caballos hasta Gold City. Sam Burrows no diría nada, pero Hat no tardaría mucho en concluir que iban en un carro —un carro que deberían abandonar pronto. Soltarían los caballos que tiraban del carro para ahorrar agua y éstos regresarían a Gold City. A partir de ese momento sería una carrera al sur. Habían ahorrado unas cuantas horas, y cada minuto contaba.

Joe Harbin se levantó en los estribos y miró atrás al sendero recorrido. No había ninguna nube de polvo en la distancia.

Badger no miraba hacia atrás. Cuando se aproximaran los yaquis ya se enterarían. —Más vale que dejemos descansar a los caballos —comentó, y todos se bajaron del carro y continuaron a pie.

Delante tenían las famosas Tinajas Altas, populares por haber salvado muchas vidas en el Camino del Diablo, un camino donde mucha gente había muerto. Más al sur el territorio era todavía más inhóspito.

Dan Rodelo se detuvo y se puso al lado de Badger.

—Tenemos que arriesgarnos —dijo—. Quiero desorientar a los yaquis.

Badger lo miró con diversión. —No creo que puedas.

—Podemos ganar tiempo. —Señaló una roca que sobresalía delante de ellos—. ¿Ves eso? Detrás hay un desfiladero que atraviesa las montañas y lo vamos a tomar. Confiemos que no se den cuenta y que continúen hacia el sur.

Badger miró las montañas y dudó. —¿Hay paso por *allí*? No tenía ni idea.

—Abandonaremos el carro —dijo Rodelo—. En adelante montaremos los caballos.

—Me sentiré más seguro —reconoció Badger.

El sol estaba alto cuando Rodelo acercó el carro al cobijo de una duna. Después, con la ayuda de Harbin y Gopher, subió a la cima de la duna y echó arena por encima, ocultando el carro debajo de la arena. Agarraron más arena y la esparcieron por encima de las pocas huellas visibles.

Montaron los caballos y Rodelo giró bruscamente dirigiéndoles hacia las montañas, y en menos de quince minutos llegaron a un cañón que se estrechaba rápidamente y que ascendía mil pies en menos de una milla. Atravesaron los Gilas por un estrecho sendero que zigzagueaba entre cerros y cumbres que se elevaban cientos de pies más. No había huellas recientes excepto las de ovejas de cuernos largos.

La ruta por los Gilas era de cinco o seis millas. Antes de abandonar el carro habían abrevado los caballos y vaciado latas y sacos que habían dejado allí. Esto aligeró la carga, pero Dan Rodelo sabía mejor que nadie lo que les esperaba, y sabía que no iba a ser nada fácil.

—¿Crees que lo lograremos? —preguntó Gopher.

—Algunos sí —contestó Rodelo.

Los condujo hacia el sur por el viejo Viaje de la Muerte, Camino del Diablo. Este sendero al sur conducía a las Tinajas Altas, que estaban localizadas en una elevación al final de los Gilas.

Hacía calor. Rodelo aminoraba el paso de los caballos, paraba a menudo para que pudieran descansar y miraba el sendero recorrido. Observó que Nora afrontaba con entereza el difícil recorrido.

Vestía una falda de montar con una apertura y una blusa mexicana, y como todos, llevaba una pistola. Aunque no lo decía, Joe Harbin se creía su dueño y señor, y ella aceptaba la situación sin comentarios, ni aceptaba ni rechazaba nada o nadie. Rodelo concluyó que era una joven astuta a quien debía vigilar.

Era Gopher el que no paraba de mirar hacia atrás. Harbin miraba atrás pocas veces. Montaba con la confianza de un hombre que ha pasado por todo, un hombre duro que no necesita a nadie.

El sol estaba alto y el calor era insoportable. En el cielo color latón no había nubes, sólo los rayos del sol que parecían fusionarse en una abrasadora explosión. El suelo del desierto ardía, y los fatigados caballos persistían desesperados en la agonizante quietud. Allá en el sur surgió una tormenta de polvo que rodaba a toda velocidad por la planicie del desierto.

Gopher ya no miraba para atrás. Estaba sentado en su silla de montar con la cabeza caída del calor.

—Más vale que busquemos una buena sombra —comentó Rodelo—, o mataremos a los caballos.

—¿Una sombra? —maldijo Harbin—. ¿Dónde vamos a encontrar una sombra?

—Arriba en uno de los cañones.

—No contéis conmigo —dijo Harbin—. Yo me voy a México, y después al Golfo.

—No llegarás a menos que des un descanso a los caballos —contestó Rodelo—. Los hemos castigado demasiado.

Harbin tenía la cara rayada con vetas de sudor y polvo. Con una cruel mirada se volvió y dijo a Rodelo: —No te entiendo, ni me fío de ti. ¿Qué buscas?

—Estoy metido en esto —contestó Dan escueto— hasta el cuello.

—Eso lo podemos cambiar —dijo Harbin, parándose. Giró el caballo para mirar de frente a Rodelo. —Lo podemos cambiar ahora mismo.

—No digas tonterías —contestó Rodelo—. Sin mí no saldréis adelante. En este desierto hay poca agua, y hay que saber dónde está.

—Ella sabe. —Harbin movió la cabeza indicando a Nora—. Nos habló de un lugar.

—De poco os va a servir hasta que no lleguéis allí. Y a lo mejor es un charco de lluvia. Y a estas alturas puede estar seco. ¿Cuánto tiempo crees que dura el agua con este calor?

Tom Badger, sentado encima del caballo, los miraba, pero no decía nada. Si Harbin moría no tenía nada que perder; pero por lo del agua, mucho que perder si Rodelo decía la verdad y moría.

—Un momento, Joe —dijo por fin—. Dan tiene razón. Este territorio es más caluroso que el propio infierno, y más seco. ¿Cuánto tiempo crees que aguantaremos sin agua?

Joe Harbin se tocó sus agrietados labios, evidencia

de la cruel realidad. No había marcha atrás. O cruzaban o morían.

—¡Bueno, dejémoslo! —dijo—. Sigamos.

El sendero era evidente y Dan Rodelo lo vio ponerse en camino, seguido por Gopher y Badger. Nora se colocó a su lado.

—Te matará, Dan —dijo.

—Quizás.

—Ha matado a varios hombres.

—Y un día logrará que alguien le mate a él. Quizás sea yo.

Ella lo estudió. —¿Has empuñado tu pistola para eso alguna vez, Dan?

—Algunas —admitió.

De nada servía decirle cuánto, ni dónde y por qué. No conocía a Nora Paxton, ni a los otros. Mientras Joe Harbin pensara que lo podía matar cuando él quisiera, Rodelo tendría una buena oportunidad. Ahora mismo, si Harbin pensara que eran iguales le dispararía sin reparos.

Rodelo se secó el sudor del rostro y se volvió para mirar atrás. Lo único que veía eran las ondulantes olas de calor que brillaban como un líquido en la distancia. Si los yaquis estaban por allí, estarían más allá de esas olas... Cabalgó adelante.

Sólo él sabía lo que se jugaba, y lo arriesgado del juego. Pero tenía que hacerlo, aunque sólo fuera por sí mismo. Ante todo, un hombre tenía que ser honesto consigo mismo, y estaba en juego su propia estima y mucho más.

Cabalgaba con hombres capaces de matar, hombres que le odiaban porque le consideraban un intruso.

Odio, y curiosidad. Badger, Harbin y quizás Gopher... cualquiera de ellos lo mataría llegado el momento. Lo asesinarían por una cantimplora, un caballo, una pistola o simplemente por odio.

En este momento Harbin quería matarlo porque hablaba demasiado con Nora, pero Rodelo sabía que pronto eso no tendría importancia. Al final, en lo único que pensarían y por lo único que lucharían sería por sobrevivir. La belleza se marchitaba bajo el ardiente sol, y hasta el sexo era insignificante cuando te enfrentabas cara a cara con la muerte.

Todos conocían el territorio que tenían por delante, unos por experiencia y otros por oídas. Sólo Dan Rodelo lo conocía bien, aunque tampoco perfectamente. Nadie lo conocía del todo. Nadie quería quedarse allí mucho tiempo para conocerlo. No había territorio peor en todo el país que el que tenían ante ellos. No tenían suficiente agua. Había pocos aljibes, y los que había podrían tener agua para un solo hombre, o un hombre y su caballo.

Rodelo pensó en los tipos que montaban con él. Tom Badger era tranquilo, insolente, peligroso. Joe Harbin era un hombre impulsivo, explosivo y rencoroso que no perdonaba y podía estallar en cualquier momento con una furia asesina. Gopher, más que un ardillón, su nombre en inglés, era como una rata, rápido para correr, rápido para chillar de miedo, pero si le acorralaban podría acuchillar lo que se le pusiera por delante, incluso a sí mismo.

¿Y Nora? Nora le intrigaba. ¿Quién era? ¿Cómo es que estaba con estos hombres? ¿Qué quería? ¿Adónde iba?

La había observado. Era refinada y eso le confundió.

A pesar de lo que uno pudiera pensar, era una joven con el instinto y los modales de una señora. Hablaba bien. No hablaba con el descuido y la aspereza que caracterizaban a las mujeres viajeras en la frontera. Obviamente, no era la mujer de Joe Harbin, aunque él tenía otras ideas al respecto. Tom Badger la resentía porque amenazaba su huida.

Badger sabía que no se atreverían a acarrear exceso de equipaje. Para escaparse tenían que estar siempre listos y no debía haber nadie de quien preocuparse. Sobre todo, Nora era otra boca que consumía agua.

Montaron hacia delante en la abrasadora tarde, con las cabezas colgando y la boca seca. Bebieron agua un par de veces, y de vez en cuando se detenían para enjuagar con una esponja el hocico de los caballos.

Los espejismos desaparecieron, y las lejanas montañas al sur se tornaron azules y después púrpura. El sol bajó, crecieron las sombras y con la oscuridad los cañones se ensancharon, grotescos y amenazantes. El cielo estaba surcado de llamas; y unas dispersas nubes tenían bordes de oro.

Dan Rodelo se volvió en su silla de montar y miró para atrás. No vio nada. Ninguna señal de polvo, sólo la belleza tranquila del desierto en el ocaso.

Tom Badger se había rezagado. Tenía el rostro manchado de polvo y sudor. —¿A qué distancia estamos de Tinajas Altas? —preguntó.

—Demasiado lejos. —Rodelo señaló las bajas montañas a lo largo de las cuales cabalgaban—. Nos arriesgaremos a cruzar por aquí. Por Raven's Butte hay un aljibe. A veces tiene un poco de agua.

Él iba de primero. El sendero no era ni mejor ni peor que el anterior —oscuro, rocoso y estrecho. Encontraron el aljibe en un cañón al suroeste de Raven's Butte.

Rodelo bajó. —No hay suficiente para los caballos —dijo—, pero servirá.

Llevó los caballos a abrevar, contando mientras lo hacían para que bebieran la misma cantidad. Cuando terminaron, el aljibe estaba casi vacío.

Cuando abandonaron Raven's Butte, viajaron hacia el sur y pasearon los caballos. Faltaban siete millas, determinó Dan Rodelo, hasta Tinajas Altas. Allí, habría agua y podrían llenar las cantimploras, y abrevar de nuevo a los caballos. Necesitarían toda el agua que pudieran conseguir.

—No hay ni ún indio —dijo Gopher triunfalmente—. Los despistamos.

Harbin lo miró desdeñosamente, pero no hizo ningún comentario. Badger fue quien habló. —No te engañes, chaval. Están por allí, y vendrán.

—¿Crees que nos alcanzarán? —le preguntó Nora a Rodelo.

—No tienen prisa —dijo—. Nos podrían alcanzar ahora mismo, pero esperarán hasta que el desierto nos consuma.

Cuando llegaron a Tinajas Altas era de noche, y acamparon en la llanura del desierto en una cala en la cordillera. Hicieron una pequeña hoguera y prepararon café. Nora cortó el tocino que le habían comprado, entre otros comestibles, a Sam Burrows. No tenían hambre, sólo estaban agotados del calor y el viaje por el abrasador desierto.

Salió la luna, y Tom Badger agarró varias cantimploras. —Veamos si hay agua —dijo.

Rodelo prosiguió. Había estado aquí sólo una vez, pero encontró cómo llegar hasta el lugar donde algún viajero había dejado una cuerda que colgaba para ayudar a los escaladores. —El aljibe inferior suele tener arena, aunque hay agua debajo —le explicó a Badger—. Veamos los aljibes de arriba.

El agua estaba en huecos en la roca sólida, creados por la caída de agua durante siglos, aunque más bien parecía una cascada. —Dentro suele haber abejas muertas —explicó Rodelo—, pero no es problema.

Badger metió la mano en el agua y sacó un poco. Estaba fría. —No está mal. Creo que llovió por aquí hace unas semanas.

Llenaron las cantimploras, y se sentaron en una roca al lado del aljibe, fortalecidos por su frescor, y bebieron sin parar.

—No te entiendo —dijo Badger al rato—. No pareces ser agente de la ley, pero tampoco eres un malhechor. Has cumplido tu condena.

—Considérame como alguien que ama el dinero —Rodelo contestó indiferentemente—. ¿En qué otro lugar podría conseguir una parte de cincuenta mil dólares? ¿Es más —agregó irónico—, ¿donde podrías tú?

Badger se rió entre dientes. —Me calaste, amigo. Una parte de cincuenta mil... Lo que nos preguntamos todos es el tamaño de esa parte.

—Todo repartido en tres, ¿qué más?

—¿Piensas que Joe se conformará con eso? Recuerda que él fue el que dio el golpe.

Dan Rodelo se puso de pie. —Volvamos a los caballos. Estaríamos perdidos si a Joe se le ocurriera marcharse y dejarnos, ¿no crees?

Bajaron por donde habían venido, pasando una

mano sobre la otra y apoyando los pies en la empinada pared de roca. Cuando llegaron abajo, Rodelo añadió, susurrando: —Tom, sabes perfectamente bien que el tamaño de esa parte no la decidiremos nosotros, sino los yaquis.

—Sí —dijo Badger sombrío—. Ellos podrían reducir nuestro número un poco.

Hacía frío y se turnaron para hacer guardia. Justo antes del alba, Joe Harbin los agitó despertándolos. Encima de una pequeña hoguera de madera seca de creosota, hicieron café y le dieron fin al tocino. Antes de que desapareciera el gris del desierto, ensillaron, los caballos estaban bien abrevados y el desierto se extendía hasta la cercana frontera.

Las crestas rocosas de las montañas los guiaban; el suelo del desierto estaba salpicado por salientes negros y grotescos de lava antigua. Había matorrales de creosota, agave y cholla.

Aún no había salido el sol cuando Joe Harbin cabalgó desde la retaguardia. —Tenemos compañía —dijo.

Se detuvieron y miraron hacia atrás. En la lejanía divisaron una delgada columna de humo que apuntaba como un dedo al cielo.

—Bueno, lo esperábamos —dijo Badger—. Deben haber probado varias rutas. La señal de humo los agrupará. —Miró atrás de nuevo—. Inútil esperarles.

Continuaron. Salió el sol y empezó el calor, y a propósito aminoraron el paso. Gopher quería continuar al galope. —Matarás al caballo, hombre —dijo Badger tranquilamente—. Lo necesitas.

No vieron indios. De vez en cuando Rodelo echaba un vistazo hacia atrás. También miraba delante y a los lados, porque los indios podían venir de cualquier parte, y delante podría haber yaquis que regresaban del Golfo.

—Vas rumbo al este —dijo Harbin de repente—. ¿Cuál es la idea?

—Pinacate —contestó Rodelo—. El territorio más duro del mundo, pero hay algunos aljibes... y sitios donde resguardarse si fuera menester.

—¿No alargará el recorrido?

—Muy poco. El Golfo y la bahía de Adair están justo al sur.

Nadie habló durante un rato. Más tarde en el oeste vieron otra columna de humo. Los caballos se rezagaban, y cuando Rodelo desmontó, los otros le imitaron. De nuevo, Nora se puso a su lado.

Parecía cansada. Tenía la cara ajada y los ojos hundidos. —No sospechaba que pudiera ser tan duro —dijo.

—Siempre que puedas —aconsejó Rodelo—, bebe agua. La deshidratación te afecta los sentidos antes de lo que te imaginas. Dicen que uno no debe beber las primeras veinticuatro horas en el desierto, pero eso es una locura. Otros dicen que hay que hacer alcanzar el agua. Pero lo mejor es beber todo lo que puedas cuando encuentras agua. Eso te dará más oportunidades de aguantar.

—¿Crees que lo lograremos, Dan? —preguntó. Era la primera vez que lo llamaba por su nombre.

Él se encogió de hombros. —Algunos de nosotros sí. Pero nos espera un auténtico infierno, de eso no te quepa duda.

Gesticuló al este. —Estoy hablándote del Camino del Diablo. Durante la Fiebre de Oro entre trescientas y cuatrocientas personas murieron en ese camino.

El desierto estaba salpicado de arbustos de creosota, plantas de cholla y algún sahuaro u ocotillo. Los atravesaron como pudieron, generalmente en fila india, manteniendo rumbo sur.

Cuando llegaron a un cerro, Joe Harbin se detuvo.

—¿Por qué no los emboscamos? —preguntó—. Podríamos librarnos de ellos de una vez por todas.

—¿Y que nos asedien? —contestó Dan—. Podrían cortarnos la retirada y el agua.

—¿Qué agua? —Tom Badger había girado la cabeza y miraba a Rodelo.

—Hay aljibes en Tule Wells, pero queda un poco lejos. Podemos ahorrar tiempo dirigiéndonos hasta los aljibes de Papago Tanks.

El desierto aquí era accidentado y tosco. Los conos volcánicos se alzaban por todas partes; Rodelo dio una amplia vuelta e indicó a los otros un profundo cráter.

Era el límite del territorio Pinacate. Al sur era aún peor, inacabables cerros de lava, dunas de arena y un terreno abrupto y desprovisto de agua. En todo el territorio sólo había un par de senderos, y casi todos eran de rocas melladas y lava afiladas como una hoja de afeitar que podían incapacitar los hombres y a los caballos en pocas horas. No había más que algunas ovejas de cuernos largos, coyotes y serpientes cascabel. Pero tenían que abrirse camino por este territorio y atravesar las dunas de arena hasta la bahía.

Acamparon entre las rocas negras, fortificándose para una refriega que no ocurrió. Partieron de nuevo hacia el alba, bebiendo a menudo de las cantimploras, y comprobando que cada vez les quedaba menos agua.

Todos estaban de mal genio. Joe Harbin maldijo su caballo, y Gopher murmuraba para sí y miraba malhumorado a los demás. Dan luchaba por mantener su temple. Nora era la única que parecía segura y calmada. Tenía el rostro macilento y los ojos hundidos, y por la noche, cuando desmontó, casi se cayó del caballo, pero no se quejó.

Esa noche los yaquis los rodearon, pero no para luchar.

Aparecieron de repente, cuando Harbin buscaba donde acampar.

En un desierto ilusoriamente vacío los indios irrumpieron como una centella, dispararon y desaparecieron por el desierto.

Agazapados entre las rocas, esperaron, con las pistolas empuñadas, pero los yaquis no regresaron. Badger se levantó al rato, en anticipación de un tiro.

Todo estaba inmóvil. Las sombras del crepúsculo eran profundas; el desierto estaba en silencio. Badger caminó lentamente hasta los caballos y los demás se levantaron.

Habló de repente, con la voz forzada y un tono alto. —Miren —dijo.

Una bala había traspasado la cantimplora grande, y el agua se había desparramado por la arena. Sólo quedaba una mancha oscura de agua en el piso.

—Prepararemos un café —dijo Rodelo—, tenemos suficiente para eso.

CAPÍTULO 6

DAN RODELO MIRÓ las estrellas y se sintió agradecido por el fresco nocturno del desierto. De su pasado no había mucho que hubiera sido agradable o fácil. Sólo el recuerdo de su madre, y de un entrañable hogar. ¿Cuánto tiempo hacía de eso?

Ahora cabalgaba por un sendero en el desierto rodeado de hombres violentos; él mismo había sido así, había vivido donde el golpe de un puño y la velocidad de una pistola significaba la diferencia entre la vida y muerte. Y ahora luchaba su última y desesperada batalla entre hombres desesperados.

Hombres desesperados... y una muchacha.

¿Qué tipo de persona era ella? ¿Por qué quería viajar por el desierto con hombres como éstos? Dan Rodelo había pensado detalladamente en cada decisión que iba a tomar. Con lo único que no había contado era con Nora Paxton.

Cuatro hombres y una mujer, rodeados por la muerte, que podría llegar con los yaquis que les perseguían o del propio desierto.

La cantimplora grande estaba perforada, las otras casi vacías. Los caballos necesitarían toda el agua que quedaba, que sería un sorbo por cabeza. Cuando partieran al alba no les quedaría agua.

Sin agua, ¿cuánto tiempo puede vivir y viajar un hombre bajo este sol y este asfixiante calor? Un día, quizás... o dos. Conoció a uno que vivió tres días más de lo normal por puro coraje, por odio, por instinto de supervivencia y para poderse vengar.

Había suficiente agua para hacer café, y cuando lo hicieron se sentaron todos juntos y se lo tomaron, cada uno absorto en sus propios pensamientos. Dan Rodelo sabía lo que había que hacer en estas circunstancias, pero él no era un asesino, y había llegado a una sola conclusión, la misma que al principio: seguir hasta el final... y entonces decirles la verdad.

Esto significaría un tiroteo, y él no era tan buen pistolero como Joe Harbin. Posiblemente era más rápido que Tom Badger, pero de esto no estaba seguro. Había sido un necio de meterse en todo esto, pero así era él: ni muy brillante, ni muy sabio, ni muy hábil; usaba lo único que tenía, que era una cierta dureza, vitalidad y la terquedad de no desistir.

—¿Qué opinas? —Joe miró a Rodelo—. Se supone que tú eres el que sabe donde hay agua.

—Lo intentaremos. Saldremos de madrugada.

—Si nos dejan —dijo Badger.

—Nos dejarán —contestó Rodelo.

De eso estaba bastante seguro porque conocía a los indios. Había algo en el indio que le hacía torturar, no sólo para hacer sufrir al enemigo, sino también para probar cuánto podía aguantar. La valentía junto con la vitalidad lo era todo para el indio, y por ello probaba a sus enemigos, para saber cuán grande había sido su victoria.

Y Hat no era necio. El tiempo estaba a su favor y podría permitirse el lujo de retrasarse, de permitir que el calor, la sed y el mal humor de los hombres que perseguían hicieran su efecto.

El tiroteo había sido sólo una prueba preliminar, una prueba de su resistencia. Los hombres perseguidos habían reaccionado rápidamente, agudamente, así que los yaquis supieron que todavía no era el momento, y les seguirían otro día, quizás dos.

—¿Sabes dónde hay agua? —preguntó Nora.

—Sé donde podría estar. No esperes un manantial. Si hay manantiales en este territorio nunca encontré a alguien que los haya visto. Hay aljibes como los de Tinajas Altas o Raven's Butte... Papago Tanks, Tule Wells y algunos otros sitios aislados. Pienso que puedo encontrarlos.

—Más te vale —dijo Harbin.

Rodelo le miró. —No seas tan atrevido —murmuró—, porque por lo menos tengo una ventaja.

—¿Tú? —Harbin sonrió con desprecio.

—Sé que tú eres un buen pistolero, pero tú no sabes nada de mí.

—No hay nada que necesite saber.

Habló duramente, descuidadamente, pero Dan Rodelo estaba seguro que el comentario le había afectado. Harbin era sospechoso por naturaleza y no se fiaba de nadie, y ahora estaría aún más suspicaz. Se preguntaría qué quería decir Rodelo. ¿Era, quizás, un conocido pistolero con nombre falso? ¿En ese caso, quién sería?

Harbin los examinó en su mente e intentaba recordar el paradero de cada uno. Jim Courtright, Ben Thompson, Comodoro Perry Owen, Doc Holliday, John Bull, Farmer Peele... uno por uno recitó sus nombres en silencio. Pero debería haber alguno que él no conocía.

Rodelo sólo había querido hacer una cosa: intrigar a Harbin y ponerlo en guardia.

Dan Rodelo sabía que éstos no eran hombres de desierto. Tanto Badger como Harbin eran hombres de las llanuras. Tom Badger era mitad indio; había sido cazador de búfalos y cuatrero. Más de una vez había atracado diligencias y participado en las guerras entre ganaderías.

Harbin había sido vaquero, marino en el Denver y en el Río Grande, pistolero a sueldo en varios municipios y guerras entre ganaderías y atracador. Sus primeros asesinatos habían sido por juegos de cartas.

Lo que conocían del desierto era lo que sabían de los estados en las llanuras y de la región montañosa en la pendiente oriental de los Rockies. Era probable que ninguno de los dos supiera los pequeños trucos de supervivencia en el desierto... aunque Badger posiblemente sí.

PARTIERON AL ALBA. Tenían la boca seca, los labios agrietados y rígidos. Cada vez que movían los ojos, sentían el dolor de sus párpados inflamados. A poca distancia se distinguía una nube baja de polvo que iba al mismo ritmo que llevaban ellos. Harbin miró con cólera y maldijo.

Ya no podían continuar veloces. El territorio de Pinacate les rodeaba, lava agrietada, profundos cráteres, cimas de roca, y por todas partes crecía espesa la cholla. Algunos moradores del desierto llamaban a un tipo de cholla el "cactus saltarín", porque cuando acercabas una mano o pasabas demasiado cerca, el cactus parecía brincar y te clavaba sus afiladas espinas a propósito.

La cholla está recubierta con unas protuberancias del espesor de un plátano pequeño, cubiertas de espinas capaces de causar una dolorosa herida. Las juntas de la cholla se rompen fácilmente, siendo así como la planta se propaga. La cholla crece en espesos grupos, extendiéndose hasta cubrir acres, y parece favorecer las grietas en la lava. En algunos sitios la cholla puede ascender hasta la mitad de un pequeño cono volcánico, y sus espinas de color amarillo limón brillan en el desierto como luces distantes.

Cabalgar entre la cholla convierte cada paso en un riesgo. Las juntas se quebraban y se pegaban a las patas de los caballos, en la ropa de los jinetes, incluso en la piel de la silla de montar. Nada estaba a salvo de las espinas. Cuando se clavaban, parecía que se enganchaban, y eran difíciles y dolorosas de quitar.

Dan Rodelo montaba de primero y zigzagueaba precariamente entre los brotes accidentados de lava y la cholla. El territorio era inhóspito. A veces tenían que cruzar pequeños ramos de lava donde un resbalón significaría una pata rota para el caballo. Una vez bordearon un cráter de al menos cuatrocientos pies de profundidad. En el fondo había espaciados unos cuantos sahuaros, y algunos de los gigantescos cactus habían crecido donde se quebraba la cumbre como una grieta en una pared. Estaban rodeados de manojos de cholla y arbustos de uña de gato. En la distancia él podía ver unas ovejas de cuernos largos observándoles desde la cima de un cono volcánico. Esto era la esencia del territorio Pinacate.

Nora se acercó a su lado. Le sorprendió su cara.

Tenía los labios agrietados y sangrantes. —Dan, ¿falta mucho hasta la bahía? —preguntó.

—Un buen trecho.

—¿Qué va a suceder?

La miró. Pensaba lo mismo y estaba angustiado. —Creo que demasiado. Cuando lleguen los yaquis, agacha la cabeza, ¿me oyes? Y después... bueno, ya sabes lo que piensa Joe Harbin.

—¿De qué estáis hablando? —les gritó Harbin—. No te olvides que estás hablando con mi mujer, Rodelo.

Dan giró en la silla de montar. —Creo que eso lo decidirá ella.

—¡Maldita sea, ella no decide nada! Yo soy quien decide. Esta mujer es mía, y si no estás de acuerdo, dilo.

Dan estaba relajado en la montura, pero le había quitado la correa a su pistola de seis tiros. —Joe, no presumas tanto. Alguien puede ponerte a prueba.

—Cuando quieran.

Le dolían los labios cuando hablaba, y Dan Rodelo se quedó callado. Entornó los ojos protegiéndolos del sol y examinó la lava para ver si encontraba señales que reconociera, pero no vio nada. El aljibe debía estar cerca.

Habían cabalgado toda la mañana sin agua. Ahora el sol estaba alto y los caballos iban rezagados. De repente, delante vio una mancha blanca en una roca oscura. Al mismo tiempo una abeja pasó volando en línea recta delante de él.

Los caballos olfatearon el agua y avivaron el paso. Y, de repente, todos lo vieron. Nora miró fijamente y volvió la cara. Tom maldijo amargamente. En el aljibe, que estaba medio lleno de agua, yacía una oveja de cuernos largos que parecía llevar varios días muerta.

Joe Harbin se volvió a Rodelo. —¿Es esta el agua que nos prometiste?

—No es su culpa. Sé razonable —dijo Tom por lo bajo—. Tenemos problemas, pero no vamos a solucionar nada peleándonos.

Gopher miró a Rodelo, y parecía tener miedo.

—Tenemos otra oportunidad —dijo Rodelo— a una hora de aquí.

Agotados, volvieron a subir a las sillas de montar y orientaron los reacios caballos al sudeste. El miedo les acompañaba ahora, porque su sentido de seguridad había desaparecido. Todos sentían los efectos de la deshidratación, que iba en aumento con el paso del tiempo. Rodelo, que se había llenado de agua cuando tuvo la oportunidad, estaba en mejor forma que los otros. Nora hasta cierto punto había seguido sus consejos.

Dan Rodelo estudiaba el terreno a medida que avanzaban. Cuando llegaran al llano, no habría agua. Sabía que los Papago Tanks, que a veces tenían mucha agua, quedaban cerca. Pero había pocos puntos de referencia. El terreno, a pesar de lo extraño, tenía una similitud que dificultaba localizar un lugar específico.

Sentía el esfuerzo que hacía su caballo, la pesadez de sus músculos, el deseo de detenerse, no importara donde. Cuando habían cabalgado una milla, se detuvo. —Si queremos que nos duren los caballos, es mejor que caminemos —dijo.

Aunque reacios a hacerlo, se apearon, y Rodelo empezó a caminar adelante.

Nadie tenía ganas de comer, y tampoco convenía comer sin agua. Rodelo tenía los labios resquebrajados y le dolían, aunque casi no le sangraban porque la deshidratación hacía que cualquier herida se secara en seguida. Caminó despacio y marcó un paso más fácil para los que le seguían. Un golpe imprevisto al pasar contra una piedra se sentía como si tocaras el hierro caliente de una forja.

Delante vio la negra cresta de una montaña que en algunos sitios se volvía de un rojo difuminado, dependiendo de como la iluminaba la luz del sol. ¿Era ése el lugar?

Entornó los ojos para buscar alguna señal que le resultara familiar. Sabía que en el desierto un lugar puede tener apariencias diferentes, razón por la cual los viajeros experimentados siempre se fijan bien en el sendero por el que van, para poder reconocerlo en su viaje de vuelta. Una vista diferente del terreno, bajo diferente luz, puede significar una diferencia sorprendente en apariencia.

Rodelo se sentía débil de mente. Se esforzaba para tratar de recordar lo que conocía de este lugar... si resultaba que éste era el lugar. Enfiló una vez más hacia adelante, arrastrando a su caballo para conseguir que se moviera.

Las rocas eran afiladas y duras, y sus bordes eran como cuchillos serrados que rasgaban las botas y las vestimentas. Cuando miró hacia atrás, le asustaron las miradas de los que le seguían. Nora tenía la blusa rasgada por el cactus, las botas raspadas; su falda de ante era lo que mejor tenía, pero incluso ésta empezaba a dar señales del duro viaje.

La cara delgada de Gopher parecía tirante y sus

labios agrietados y sangrantes; tenían mal aspecto. Badger y Harbin parecían caricaturas de lo que habían sido. El pequeño grupo estaba esparcido a lo largo de unos cientos de yardas, y si los yaquis hubieran atacado en ese momento, les habrían vencido fácilmente.

Al dar el siguiente paso, Rodelo vio la huella de una oveja de cuernos largos. En el desierto de Pinacate había muchas ovejas de cuernos largos, y cuando miró hacia abajo vio otra huella más pequeña, medio cubierta por la de un zorro del desierto. Todas apuntaban en la misma dirección. Se detuvo y estudió la pendiente detenidamente, y después se metió entre las rocas con cuidado.

No había localizado el sendero por el que había ido anteriormente a los Papago Tanks, pero intentaba encontrar el lugar por deducción y con la ayuda de las huellas que había visto. Muchas de las rocas por aquí estaban pulidas por el viento y la arena, y resbalaban. Este territorio era inhóspito, tenebroso y amenazador. En circunstancias normales se debía evitar, pero aquí era donde él esperaba encontrar el agua.

De repente, vio una roca basáltica azulada que recordaba. Viró un poco y bajó entre dos grandes losas de piedra volcánica, y se encontró con la charca rodeada de una diminuta playa de arena. En la base de una caída de veinte pies había una hondonada, desgastada por la caída del agua y de fragmentos de roca hasta una profundidad de cuatro o cinco pies. Detrás de esto, y muy cerca, había otra charca de casi doce pies de diámetro. Allí el agua estaba protegida de la luz por la inclinación de la roca y era clara y fresca.

—Dejen que los caballos abreven de la charca más cercana —instruyó Rodelo—. Nosotros beberemos de la que está más atrás.

Se inclinó y recogió con la mano un trago de agua. Sintió que su frescura resucitaba su boca reseca. Tragó unas gotas y sintió como se le encogió el estómago. Bebió despacio, sólo un trago a la vez. Cogió la cantimplora que tenía encima del caballo y la llenó, y después llenó la de Nora.

A continuación llevó los caballos a abrevar. Les dejó que bebieran un poco y los retiró. Al rato regresó con ellos para que continuaran.

Sabía que esto no acababa con sus problemas. Ya no podían usar la cantimplora más grande y no podrían llevar suficiente agua. ¿A qué distancia estaba la bahía de Adair? ¿A veinte millas? ¿A veinticinco?

Con los caballos en tal mal estado no podrían hacerlo en un día. Después de descansar un par de días aquí, podrían hacerlo en dos días. Hasta ahora habían tenido suerte; y él, más que nadie, sabía lo afortunado que era.

Miró al cielo. Mañana haría calor, y sabía que cuando la temperatura ambiental era 110 grados en la arena podían ser cincuenta grados más. En el arroyo donde estaban podía hacer mucho frío por la noche, pero durante el día absorbía el calor de la arena, y los sofocantes y calurosos vientos drenaban la humedad de los tejidos y dejaban al hombre o animal seco como el cuero de un zapato viejo expuesto al sol. Sin agua, este calor podía matar a un hombre en menos de veinticuatro horas.

Nora se puso a su lado. —¿Qué vamos a hacer? —preguntó.

—Descansaremos, comeremos y beberemos un poco más, y nos prepararemos para viajar a la costa.

—¿Crees que habrá problema?

Lo pensó. —Sí, me temo que sí. Los indios están cerca. Saben que tienen que agarrarnos ahora.

—¿Qué podemos hacer?

—Bebe, bebe todo lo que puedas. Satúrate de agua; así durarás más tiempo.

Llevó los caballos a abrevar una vez más y después los estacó cerca de unos matorrales de mesquite y de madriguera.

Mientras recogía unos palos secos de madera se le acercó Joe Harbin. Gopher le acompañaba, y Tom Badger estaba en la retaguardia.

—Rodelo, el agua está buena —dijo Harbin—. Te tengo que pedir excusas. Sabías bien a dónde ibas.

—Todavía lo sé.

—¿Qué quieres decir?

—Harbin, todavía no estamos a salvo. Todavía nos faltan unas veinticinco millas hasta la costa. Son por lo menos dos días.

—Diablos, yo he cabalgado setenta al día en más de una ocasión.

—¿Con caballos en el estado que están estos? Están agotados, Harbin.

—Lo harán.

—Joe, tranquilízate —sugirió Badger—. Puede que tenga razón.

—¡Maldita sea, no la tiene! Está intentando ganar tiempo. Ya no lo necesitamos más.

Dan Rodelo se incorporó del montón de ramitas que juntaba. —Haremos café —dijo a Nora—, y algo que comer. Todavía nos espera lo peor.

Miró a Harbin. —Me necesitas. Ahora me necesitas más que nunca. Todavía te queda la pelea con esos indios, y no los infravalúes. Llevan años siguiéndole la pista a los reos fugados, y agarran casi a todos.

—Pues que vengan... cuanto antes, mejor.

—Eso es arena de dunas al oeste de aquí, Harbin. Hay lugares donde un caballo puede hundirse hasta la panza, y cada vez que intenta salir se hunde más. Y pasa lo mismo con los hombres. ¿Imagínate que se te perfora la cantimplora? Todavía no estás a salvo. ¿Tienes idea de cuántos reos llegaron hasta aquí de lejos? Te puedo nombrar una docena..., pero perdieron la vida entre aquí y la costa.

—No te creo.

—Tiene razón —dijo Badger—. Más vale que no mostremos todas las cartas.

Gopher trajo más ramas y las puso en la hoguera. Nora lo miraba y le preguntó: —Por qué te llaman Gopher?

Él sonrió. —Siempre estaba excavando. Hice tantos túneles que me apodaron Gopher (ardillón). En parte se lo debo a él —señaló a Tom Badger—. Él era Badger (tejón), y más grande que yo, por eso me llamaron así.

Comieron y bebieron, y uno por uno se echaron exhaustos sobre la arena.

—Cúbrete —le advirtió Rodelo a Nora—. El viento empezará a soplar por este arroyo y hará frío.

—¿Frío? —dijo incrédula.

—Sentirás el frío hasta en los huesos, créeme. Abrígate.

Miró en dirección de la costa. Desde un lugar arriba podría verse todo puesto ante él, pero sabía que se engañaba. El desierto ocultaba sus obstáculos: cañones que no parecen estar allí hasta que estás al borde, y flujos de lava que estropearían un par de botas nuevas en pocas millas.

Por alguna razón sabía que mañana sería el día... mañana.

CAPÍTULO 7

DAN RODELO LE quitó la correa a la funda de su revólver de seis tiros y ejercitó los dedos. No quería problemas. Había venido hasta aquí con un propósito, y prefería lograrlo sin un tiroteo. No sabía cuál serían los resultados de un tiroteo con Joe Harbin, pero sabía que Harbin no había matado por casualidad. Era buen pistolero y un hombre duro.

Tom Badger era astuto y cuidadoso, dispuesto a que fueran otros los que pelearan. Y ninguno de ellos contaba con darle una parte del botín a Gopher.

Rodelo había ido a prisión por un crimen que no cometió. Eso le dolía, pero lo que más le molestaba era que los otros pensaran que él era culpable. Por encima de todo, quería probar su inocencia, y después se largaría del territorio. No quería saber nada de los que habían desconfiado de él, de los que tan rápidamente habían dejado de creer en él.

Nora estaba al borde de la hoguera, y el agua del café estaba hirviendo. Badger estaba acurrucado, un poco apartado de la hoguera y de espaldas. —Danny, hasta aquí vamos bien —dijo—. Nos trajiste hasta el agua.

—Más vale que bebas mucha agua —contestó Rodelo—. Bebe todo lo que puedas. Todavía nos queda lo peor.

Harbin gruñó. —Yo puedo hacer el resto parado de cabeza.

Rodelo se encogió de hombros. —Harbin, hazlo como quieras, pero si puedo evitarlo, no permitiré que nadie se muera. Desde aquí hasta la costa hay una franja de dunas movedizas y ni una gota de agua.

Harbin lo miró. —Te gusta hacerte el importante, ¿verdad?

Rodelo no le contestó. La frustración e irritación de Harbin, junto con el duro viaje, lo había puesto de disposición asesina, cosa que Rodelo comprendía.

—El café está listo —dijo Nora—. Tómenlo mientras está caliente.

—Tomaré un poco —dijo Rodelo—. Una taza de café me sabrá bien.

Nora llenó una taza y se la acercó, pero Harbin extendió la mano tan rápidamente para agarrar la taza que casi desparrama el café. —¡Esa taza es para mí! —dijo abruptamente.

—Seguro —contestó Rodelo suavemente—, es tuya, Harbin.

Harbin lo miró fijamente, ya completamente enojado. —¿Qué te pasa? ¿Tienes miedo de pelear?

Rodelo se encogió de hombros y sonrió. —¿Por qué vamos a pelear? Hay café para todos. Puedes tomarte la primera taza.

—¡Y a lo mejor también la segunda! —Harbin le estaba instigando; pero no era el momento adecuado, y Rodelo podía esperar.

—Vale, y la segunda también.

—¡Y a lo mejor me tomo todas las demás!

—¿Joe, y nosotros qué? —mascculló Badger—. Yo quiero una taza.

Nora le ofreció una taza a Dan. —Toma. No tiene sentido pelear por una taza de café.

De repente, Joe Harbin retiró violentamente la taza de su mano y agarró su pistola. Desenfundó y disparó tan deprisa que falló el tiro, que se estrelló con las bolsas de agua recién llenadas que había detrás de Rodelo.

Rodelo, que estaba cerca de él, se le tiró encima y con su poderoso hombro derecho le pegó en la cadera y lo tiró dando vueltas al suelo. Antes de que pudiera empuñar de nuevo la pistola, Rodelo le dio un puntapié en la mano y se la quitó.

Mientras maldecía y gruñía, Harbin se incorporó y arremetió contra Dan Rodelo, pero lanzó un puñetazo demasiado abierto y Dan le colocó un derechazo en la mejilla. Harbin, quien se quedó inmóvil, estaba perfectamente colocado para una izquierda aplastante, y se desplomó.

Al instante, Badger brincó y agarró a Rodelo. —¡Tranquilo! ¡No peleemos!

Aturdido, Harbin se quedó quieto un momento. Se levantó sin chistar y dijo: —Te mataré por esto, Rodelo.

Sonaba frío y apacible. El hombre que hablaba no era el hombre que Rodelo había golpeado ni el que había conocido todos esos meses en la cárcel. Por primera vez, Dan Rodelo sintió algo parecido al miedo. Pero siguió de pie callado y no paró de mirar a Harbin.

—Serías un necio si lo intentaras, Harbin. —contestó—. Acabas de salir de la cárcel. Estás en

México. En uno o dos días estarás a bordo del barco de Isacher, rumbo a Mazatlán. Pero créeme, me necesitarás desde aquí hasta el Golfo. Me necesitarás hasta que pongas los pies en ese barco.

Harbin tenía una herida en el pómulo y una cortada en la mandíbula. Harbin se pasó los dedos cuidadosamente por la cara. —Me has lesionado —dijo asombrado—. Nadie me ha llegado a dejar huella antes.

Agarró el café y, sin hacer esfuerzo para recuperar su pistola, caminó y se sentó sobre una roca. Nora llenó las tazas de Badger, Gopher, Rodelo y la suya. Nadie habló. Bebieron el café. El viento que soplaba del arroyo empezó a enfriar. Dan añadió más madera al fuego y salió a buscar ramas o raíces de mesquite seco y creosota en la oscuridad.

El fuego ardía, el humo olía bien, las estrellas se iluminaron y el viento se enfrió aún más.

—¿Hay agua cerca del Golfo? —preguntó Badger.

—Algo hay, pero no es muy buena.

—¿Pero sabes dónde están los buenos manantiales?

—Seguro que lo sabe —dijo Harbin—. Estate seguro que lo sabe. Se lo sabe casi todo.

Badger se acercó a las bolsas de agua. La arena que había debajo estaba húmeda. Sabía qué esperar al alzar los sacos, porque había visto la bala estrellarse en ellas. Las bolsas habían estado amontonadas; ahora estaban desinfladas y vacías. La bala las había perforado todas; a una le traspasó una esquina y había entrado en otra y después en una tercera.

Harbin observó a Badger examinar las bolsas de agua y tirarlas al suelo. —Todavía nos quedan dos cantimploras —musitó—. Serán suficientes.

—¿Y los caballos?

—Los abrevaremos antes de salir. Aguantarán.

Todos sabían que los caballos estaban en mal estado y no estaban en condiciones de emprender un agotador recorrido por encima de la lava restante, seguido del pesado viaje por las dunas de arena profunda.

Harbin se acercó para recoger su revólver, le quitó la arena y se lo metió en la pistolera.

—¿Dónde están los indios? —inquirió Nora.

—Ahí fuera. Donde puedan divisar nuestra hoguera y escuchar nuestras voces. Han hecho esto muchas otras veces. Esta noche tendremos que estar bien vigilantes.

Se levantó y caminó hasta los caballos. Los llevó a abrevar, dejándolos que bebieran hasta la saciedad. Notó que en la distancia la fogata del campamento casi no se veía. Dejó que los caballos se tomaran su tiempo y luego los llevó a unos matorrales de mesquite cerca de la hoguera, donde los estacó.

Por primera vez se percató de lo cansado que estaba, pero no se atrevió a dormir. No confiaba en ninguno de ellos, quizás ni en Nora. No la conocía, y ella tampoco sabía nada de él.

Intentó memorizar todo lo que sabía sobre este territorio, pero no recordaba nada específico, todo eran generalidades. Los aljibes naturales al sur de Tinajas Altas eran la única agua que conocía con la que podrían contar, aunque en ocasiones estaban vacíos o con restos de agua. Pero debía hacer poco que había llovido, porque las charcas estaban llenas y el agua era dulce. Al oeste de Pinacate había un área que debían evitar. Nunca había penetrado mucho en esa dirección, y podía ser transitable, pero allí había centenares de pequeños conos y flujos de lava, un territorio muy inhóspito para cruzar. Al este era casi igual de malo, pero una traza de sendero conducía allí y en la base de las dos cimas más altas había algunos aljibes. Nunca los había visto, pero un indio yuma se lo había contado. Este indio se había enterado por los pápagos de arena, que una vez habían vivido en el territorio de Pinacate.

Hubiera o no agua, era una ruta más segura, aunque más larga. Había otros aljibes en la punta del sur de Pinacate, pero, igual que los del este, no eran seguros.

¿Por qué no tener ahora mismo un enfrentamiento? se preguntó a sí mismo. Pero cuando lo pensó, supo que no se atrevería a hacerlo. En primer lugar, estaba en minoría, y en segundo, si podía, esperaba resolverlo sin un tiroteo. En cierto modo, esperaba, tal como hacían los indios, para ver la jugada. Al mismo tiempo, sabía que les estaba dando una oportunidad... ¿era debido a Nora? ¿O a algún impulso humanitario olvidado dentro de él?

Podía largarse y esconderse en el desierto. Después de todo, una de las cantimploras que quedaban era suya. Pero sin él sería difícil que sobrevivieran. Podrían hacerlo, pero las posibilidades serían ínfimas.

El viento estaba frío. Rodelo alzó la vista para mirar las estrellas. El hombre del desierto o de las montañas siempre miraba hacia arriba, a las cimas o a las estrellas; no era casualidad que los hombres del desierto supieran tanto del vuelo de los pájaros y los hábitos de los animales. En las ciudades los hombres miran el suelo y raras veces levantan la vista.

Regresó a la hoguera, pero se colocó apartado de ella, al borde del resplandor. No quería ser blanco si algún indio decidía que había llegado el momento.

—Tenemos que hacer guardia —dijo Badger.

Harbin se levantó. —Yo vigilaré primero. —Se volvió hacia Nora—. Venga, vamos.

—¿Y yo por qué? —la sorpresa de Nora era patente.

—Puedes hacerme compañía. Si no, es probable que me quede dormido.

Tom Badger se rió entre dientes, pero no hizo ningún comentario. Joe le retó: —¿Qué es lo que te hace tanta gracia?

—Nada. Me preguntaba quién iba a mantenernos despiertos a Gopher y a mí... y a Danny.

—A lo mejor me toca hacer la guardia con todos vosotros —sugirió Nora divertidamente.

—Podemos tirar los dados para ver quien hace cada guardia. El número más bajo hace la primera.

—No es necesario —dijo Joe.

—Trae los dados, Dan —dijo Badger—. Es lo justo.

Agitó los dados y los hizo rodar sobre una roca plana. Un cinco y un cuatro.

Gopher tiró los dados y sacó dos unos, total dos, y Rodelo le siguió con un seis. Joe tomó los dados y los tiró irritado... un par de cincos.

—Eso significa que haces guardia en la madrugada, Joe. —dijo Badger. —Empezó a recoger los dados, pero Nora extendió la mano y los agarró—. Creo que os habéis olvidado de mí.

—Tú no tienes que hacer guardia —dijo Harbin.

—Estoy de acuerdo con Joe —murmuró Rodelo—. Necesitarás descansar, Nora.

—Igual que todos vosotros. Después de todo, yo también estoy metida en esto. Monto a caballo, bebo agua potable y haré la parte del trabajo que me corresponde. —Tiró los dados... un cuatro.

—Me corresponde la segunda guardia —dijo.

Rodelo agarró su manta. —Quienquiera que haga la guardia —dijo—, que vigile a los caballos. Si los perdemos, estamos acabados.

Gopher hizo la primera guardia encima de una roca, cerca de los caballos, desde donde podía vigilar el campamento sin que nadie pudiera acercase por detrás sin verlo. Rodelo encontró un lugar cerca de una roca que le protegía del viento frío que soplaba del arroyo.

Además, esparcidas en la tierra estaban las ramitas que se habían desgajado de las ramas que habían recogido, y era casi imposible acercarse sin que crujieran. Rodelo, envuelto en la manta, echó un vistazo a la hoguera y a donde dormían los otros y se durmió.

CAPÍTULO 8

A RODELO LE despertó el movimiento casi imperceptible de Nora cuando fue a relevar a Gopher.

—Soy yo, Gopher. —dijo—. Me toca hacer guardia.

—No tiene porqué hacerla, señorita. Puedo aguantar más tiempo.

—No... Vete y descansa. Mañana nos espera un día difícil.

—Me gustaría hacerlo, señorita. Sería un verdadero placer hacerlo por una señorita como usted.

—No, descansa. Y bebe mucha agua. Eso es lo que Dan me ha aconsejado que haga.

Rodelo vio como Gopher se levantaba. Le oyó susurrar. —Ese Rodelo me cae bien, señorita. Creo que es un tipo recto, y supongo que no he conocido a mucha gente como él.

—Estuvo en la cárcel.

—¡Pero, señorita, él no era culpable! —dijo Gopher rápidamente—. Todo el mundo lo sabía. Lo agarraron cuando Joe Harbin se apoderó del oro. La gente creyó que estaba confabulado con Joe, pero no es así, y en la cárcel Joe me lo dijo más de una vez. Pensaba que tenía gracia inculpar a Rodelo.

Gopher calló un instante y después agregó: —Joe podía haber absuelto a Rodelo, pero no lo hizo. Lo que escuché es que cuando Joe huyó después de robar la nómina, se encontró con Rodelo en el sendero y cabalgaron juntos, como hace la gente cuando se encuentran así. Pero parece que Rodelo sabía sobre esa nómina y se imaginaron que estaba compinchado.

—Más vale que descanses, Gopher. —dijo Nora—. Mañana será otro día caluroso y largo.

Dan Rodelo yacía en silencio. Bueno, Gopher se lo había contado, y como venía de él lo creería, porque Gopher no tenía nada que ganar con mentir. De repente, le alegró que ella lo supiera, aunque no sabía todo todavía. Él era el único que sabía la historia completa. Ni siquiera lo sabía los mineros que habían estado dispuestos a creer que era un ladrón.

Se quedó tumbado, medio dormido, un rato y por fin salió de por debajo de la manta y se colocó la pistolera. En seguida se acercó al aljibe y bebió por largo rato. En las tinieblas se escuchó lo que parecía un coyote, y aunque prestó atención, no oyó el eco. Los indios contaban que así se podía distinguir... que un hombre que imitaba el aullido de un coyote también haría un eco, pero que había algo en el aullido de un coyote que no hacía eco. Rodelo no sabía si era cierto, si bien así había resultado las pocas veces que lo había puesto a prueba.

Caminó hasta donde Nora hacía guardia. Ella se volvió a mirar rápidamente y tenía el cañón de la pistola en alto. Él sonrió en la oscuridad. Era una muchacha que no andaba con tonterías... estaba preparada para enfrentarse a los problemas.

—Soy yo —dijo en voz baja.

—Todavía no he terminado.

—¿No quieres descansar más tiempo? Estaba despierto y me da igual quedarme despierto aquí que allá.

Se sentó a su lado. La noche estaba quieta. Nada se movía en el desierto. Las estrellas estaban fijas en el firmamento; la silueta negra de Pinacate se erguía al sur.

—No esperaba que el desierto fuera así —dijo ella—. Tan poblado de todo.

—Cada planta ha aprendido a sobrevivir a su manera. Algunas almacenan agua para los tiempos de sequía, y algunas semillas crecen sólo cuando llueve suficiente. La mayoría de las plantas del desierto no florecen hasta que no llueve, y cuando llueve lo suficiente, florecen rápidamente.

¿Rodelo escuchó un momento y luego añadió: —¿Has visto alguna vez el desierto desde lo alto de una montaña? Parece como si hubieran plantado el quiebracha, así de uniforme esta espaciado. Esta espaciado así porque necesita obtener agua de su alrededor.

Se quedaron sentados sin hablar un buen rato, y después él habló de nuevo. —No consigo entenderlo. ¿Qué haces aquí? Quiero decir, ¿que vas a conseguir?

—¿Qué tengo que perder?

—¿Tu vida no significa nada?

—Claro que sí. —Giró la cabeza para mirarle—. Puede ser que yo también quiera ese oro.

—Estarías perdiendo el tiempo. Nunca verás ni una sola moneda.

—Puede ser que Joe Harbin piense otra cosa.

Se quedó callado y escrutó la oscuridad. —No lo

hará —dijo entonces—. Joe es el tipo de hombre que no deja que se le escape nada de las manos si puede evitarlo. Si cuentas con eso, más vale que te olvides.

—Yo puedo ocuparme de Joe.

—Quizás puedas. —Lo dijo con un tono sarcástico—. Jake Andrews tampoco era ningún maestro dominguero.

—¿Y a ti que te importa?

—Nada... absolutamente nada.

—Jake era un buen tipo. Era muy buen hombre a su manera, pero le escuchó a Clint. Jake oyó hablar del oro, se lo dijo la mujer de Joe Harbin, porque una noche cuando Joe estaba borracho fanfarroneó. Clint estuvo detrás de él hasta que Jake acordó ir a buscar el oro.

—¿Y qué tenías con Jake?

Ella se volvió y le miró a los ojos, pero en la oscuridad no podía ver su expresión. —¿Qué había entre nosotros? —preguntó.

—Quiero decir que no pareces su tipo de muchacha.

—A Jake le gustaban todas. Me sacó de un accidente de tren en Wyoming. Tenía la ropa en llamas. Él extinguió la hoguera y me ayudó a huir de los indios que destrozaron el tren... si es que eran indios.

—¿Qué quieres decir?

—Siempre pensé que Jake fue el causante. Pero cuando me encontró paró rápidamente. Siempre me trató bien. Jake era un hombre duro y algo bruto, pero tenía un ramalazo extraño. Me hablaba con brusquedad como a todo el mundo, pero también era tierno. Quería casarse conmigo.

—Era ranchero, ¿verdad?

—Los indios ahuyentaron su manada y quemaron todo lo demás. Quería ir a México y empezar de nuevo.

—Así que ahora estás aquí. —Miró por el desierto, atento a cualquier ruido de la noche. Hablaban bajito, casi susurrando—. En mitad del infierno.

El viento era frío, y sin querer se habían acercado el uno al otro. Dan miró el campamento. Todos dormían tranquilamente. De la hoguera sólo quedaban unas ascuas que brillaban entre las cenizas. Sus ojos buscaban movimientos o algo que estuviera fuera de lugar en la oscuridad.

Sabía que los yaquis estaban cerca, que eran expertos rastreadores y lo que significaba esos cincuenta dólares por cabeza para ellos. Además estaba la novedad de Nora. No la entregarían. Nadie sabía que existía, y probablemente no harían preguntas.

En cuanto a él, nadie le buscaba, pero Hat quería sus botas, y esta sería una razón suficiente para matarlo. Y, además, querrían hacer borrón y cuenta nueva.

—Si eres la última superviviente —dijo—, y los indios te agarran, puedes tratar de convencerles que te lleven con Sam Burrows. Les pagará cien dólares por ti. Diles eso; te puede salvar la vida.

—¿Y si no?

En la bahía de Adair hay unos cuantos aljibes, y está un barco esperando para recoger a un hombre llamado Isacher. Él ha muerto, o sea que no te preocupes por él. Si no es ese barco, de vez en cuando pasan por allí pesqueros.

—¿Y si todos sobrevivimos? ¿O si sólo Joe Harbin y tú lo hacéis?

La miraba pensativamente en la oscuridad. —Entonces supongo que tendrás que escoger entre Joe Harbin y yo.

Se volvió de repente; la agarró por los hombros, y la sostuvo mirándole la cara. Entonces bajó la cabeza y la besó suavemente en los labios. —Así... cuando llegue el momento, eso te puede ayudar a decidir.

A POCA DISTANCIA, en un fallo en el basalto, Hat estaba tumbado en un nicho en la roca. Era un lugar alto, protegido del viento frío, desde donde se divisaba claramente el campamento y donde el ojo rojo centellante marcaba el fuego. Podía distinguir el movimiento ocasional cerca de los caballos, o en el campamento.

Hacían guardia, claro. Lo había esperado. De hecho, había esperado todo lo que había pasado hasta ahora. No había mucho que un hombre corriente pudiera hacer cuando entraba en el territorio de Pinacate. La única diferencia es que uno de ese grupo sabía dónde estaban las charcas de agua.

Ahora sabía cual era. Era una cuestión de fijarse y observar quién exploraba en dirección apropiada. Era el hombre con las botas nuevas: Rodelo.

Llevaban algo que no tenían cuando salieron de la prisión, y era demasiado pesado para ser provisiones. Había visto las huellas de los caballos de carga que lo transportaban y dónde lo ponían por la noche.

Hat tenía sus propios planes, que no eran nuevos. Los había usado muchas otras veces con éxito. Nunca había atacado antes de que llegaran a las dunas o a la playa.

Aquí, entre los flujos de lava del Pinacate, había demasiados lugares donde se podían resguardar. Podrían defenderse bien, y todavía estaban en condiciones físicas para hacerlo. Podía aguardar hasta que las dunas y la arena flotante rompieran su determinación. Ninguno llevaba mucha agua, y ésa era su primer objetivo.

Su plan era sencillo: forzarlos hasta las dunas. Habrían tenido poco para comer o beber, y si sus caballos habían llegado hasta allí, estarían al límite. Él y sus guerreros podrían ocultarse entre las dunas y moverse fácilmente. Los fugados intentarían llegar a la costa. Trataría de hacerlos retroceder, hacer que sufrieran entre las dunas hasta que el agua y la fuerza se les acabaran. Después de eso, sería bastante fácil.

Normalmente morían entre las dunas, pero a veces uno o dos alcanzaban a llegar a la orilla. En ese caso, los empujaría hacia uno de los dos o tres manantiales envenenados cercanos, manteniéndoles apartados de los de agua fresca, si bien ligeramente salobres. Algunos de los prisioneros que había capturado anteriormente estaban muertos antes de que les disparara... el orificio de la bala era evidencia de su captura.

Hat era curioso, como casi todos los indios, y ahora se preguntaba si el hombre de las botas nuevas conocía los otros manantiales de agua. ¿Qué lado del Pinacate tomaría? Sospechaba que sería el lado oriental, lejos de las aberturas volcánicas y de la lava de la pendiente occidental.

A Hat le acompañaban once guerreros, todos ávidos de persecución. Cuatro eran yaquis, uno un bandido pima, y los otros de la tribu de yuma. Todos menos uno habían montado con él anteriormente, aunque en momentos diferentes.

Con este equipo podría acorralar a los prisioneros como si fueran un rebaño de ovejas, y dispararía sólo cuando fuera necesario, para hacerlos retroceder de las rutas más fáciles, y así triunfar y conseguir el oro con sólo dar un largo paseo por el desierto. A Hat le divertía pensar en todo esto. Aunque a veces tenía dudas... Estaba ése de las botas nuevas... era un viajero hábil, un lobo de la pradera. ¿Encontraría otra opción?

Pero tendría que volver a las dunas. Claro, si se mantenía en línea con las montañas, alcanzaría un punto desde donde el camino a la costa era más corto. Si lo intentaba, tendrían que cortarle el paso.

Hat era ante todo un cazador, y como tal, le interesaba lo que su presa podía intentar. No estaba preocupado. Después de todo, eran novatos en el territorio de Pinacate; él era un profesional. Otra duda que le acechaba era que el propio Pinacate podría tomar una mano en el juego.

Sabía que los antiguos dioses se ocultaban entre las montañas, y el Pinacate era un lugar sagrado, como suelen ser los lugares incomunicados. El Pinacate tenía genio y caprichos —tormentas repentinas, extrañas nieblas que subían del Golfo, repentinas escarchas blancas, incluso en verano. Esas escarchas aparecían en las rocas por la mañana y desaparecían con el primer sol.

En el camino pasarían por un bosque de cholla. Aparecería en las laderas al este u oeste, y acercaría su presa a la cholla. Posiblemente pudieran atravesarlo sin lesionarse, pero era algo inusual. Había caminos que conducían a la cholla que no llegaban a ninguna parte, y él había hecho algunos de éstos. En sus varias incursiones en el desierto se tomaba tiempo para entrar y salir de estos senderos. Todos eran un callejón sin salida, una trampa difícil de escapar sin lastimarse.

Estos senderos ocultos eran valiosos para hacer que sus enemigos fueran a pie. Un caballo mal atravesado por las espinas de la cholla era un caballo lisiado. Hat no tenía ningún afecto por los caballos como lo tenían los indios de las llanuras, y algunos de su propia tribu. Para Hat el caballo era algo para montar, y cuando se morían o se lisiaban, se buscaba otro.

Por fin, Hat se durmió. Despertaría con la primera luz, y eso le daría suficiente tiempo para actuar. De él dependía elegir el lugar donde morirían, y en su propia mente ya había hecho la selección.

Lejos en la lava un coyote aulló. Un halcón nocturno volaba en picado y se precipitaba en las tinieblas, y en los pedazos de roca basáltica quebrada una roca diminuta se cayó y rodó por la ladera.

Las estrellas, como las fogatas lejanas de un campamento, se mantenían quietas en el firmamento.

Tom Badger salió del campamento y se detuvo al lado de Rodelo. —¿Todo tranquilo?

—Sí.

—Dan, evita a Harbin. Lo que os tenéis enfrentados es vuestro problema, y lo resolveréis cuando podáis, pero ahora mismo necesitamos todas las pistolas disponibles.

—No quiero luchar con él.

—¿Sabes una cosa? Me intrigas, Rodelo. ¿Por qué estás aquí? ¿Qué persigues?

Rodelo ignoró la pregunta. Hizo una señal con la cabeza hacia las montañas. —Tú eres indio, Tom... o mitad indio. ¿Qué es lo que está esperando?

—El momento y el lugar adecuado. Él sabe adónde tenemos que ir y cómo tenemos que llegar allí.

Tom se calló un instante. —Supongo que sólo planea matar a un hombre.

—¿Uno?

—Sí... al último.

CAPÍTULO 9

AÚN BRILLABAN LAS estrellas en el firmamento cuando ensillaron. Los macizos de cholla parecían brillar con luz propia, y el desolador paisaje lunar de lava rota, erosionado y quebrado, formaba un revoltijo de roca fraccionada de aspecto escalofriante.

Montaron en silencio. Sólo se escuchaba el crujir del cuero cuando las sillas de montar subían y bajaban, se ajustaban las cinchas o se ajustaba la carga.

Los que estaban peores eran los caballos de carga. El oro pesaba unas cien libras, y no tenía la elasticidad de una carga viva.

Rodelo, parado detrás de su caballo, comprobó su pistola. Estaba cargada y estaba listo. Metió el revólver en la pistolera soltando la correa que la sostenía para poder echar mano de ella rápidamente.

Nora fue la primera en subirse a su caballo. Los otros la imitaron rápidamente, y tras un instante en que nadie se movió, Rodelo cabalgó delante para ir de primero. Fue en dirección este, después al sur, para seguir el trazo de un sendero que parecía desaparecer, pero mantuvo un curso que rodeaba ampliamente el Pinacate. Harbin se puso a su lado. —¿Pero adónde demonios vas? —preguntó.

—Si quieres intentarlo por el sur, sigue. Yo daré la vuelta.

—¿Qué hay allí abajo?

—Un cráter enorme. Entre el cráter y las cimas del Pinacate están las peores crestas y lava rota que hayas visto en tu vida. Puede haber una forma de atravesarlo, pero no la conozco, y no voy a buscarla en la oscuridad.

Harbin refunfuñó y se retiró. Sospechaba de cada movimiento que hacía Rodelo, y sus sospechas sólo aumentaban. Estaba irritable y podía estallar en cualquier momento.

Rodelo siguió el sendero oscuro, bordeó un saliente de basalto negro y bajó por una grieta hasta un bosque de cholla. Se detuvo para examinar lo que tenía delante y asegurarse que seguía el sendero. Había numerosas aperturas, pero ninguna le convencía. Por fin, se decidió, moviéndose despacio para evitar los grupos espesos de cholla. Los afilados pinchos penetraban de tal forma que si no se sacaban allí mismo, podían causar dolorosas heridas.

Nadie hablaba. No sabían a qué distancia estaban los yaquis, pero las voces viajan lejos en el desierto rocoso, y no querían que les oyeran.

Antes de abandonar los aljibes, Rodelo se había hartado de agua. Parado al lado de Nora, le había dicho: —Un viejo indio del desierto me contó que el agua que pierdes sale primero de la sangre. ¿Te has dado cuenta lo poco que sangramos cuando nos cortamos? Ésa debe ser la razón. Y si es verdad, también es posible que retarde las reacciones y la mente de cualquiera.

—Un hombre blanco raciona el agua, pero un indio bebe todo lo que puede cada vez que puede, porque sabe que así aguantará más tiempo en buenas condiciones.

Hasta ahora habían sufrido poco, pero en los últimos días habían utilizado mucha agua que habían reemplazado sólo en parte cuando bebían en los aljibes. Observó que él era el que más había bebido.

Cuando llegaron a un claro entre la cholla, se detuvieron. Badger cabalgó hasta Rodelo. —Dan, uno de los caballos de carga se ha lesionado —dijo.

Rodelo y los otros se pusieron alrededor del caballo. Una junta de cholla se le había clavado justo encima de la corva. Tenia púas alrededor del casco, y manchas de sangre en el lomo.

—Tendremos que soltarlo —dijo Rodelo—. Pondremos la carga sobre el otro caballo, y repartiremos las provisiones entre nosotros.

—¿Morirá? —preguntó Nora.

—¿Él? Tiene más suerte que nosotros. Le molestarán la pata y el lomo unos días, pero cojeará hasta los aljibes. Allí tendrá suficiente agua.

—¿Qué comerá?

—Lo que comió anoche. Lo que comen las ovejas de cuernos largos. Pasto de galleta, palo verde... sobrevivirá.

Mientras los otros descargaban el caballo, Rodelo le sacó las espinas una a una, y lo soltó dándole una palmada en el lomo. Sólo habían perdido unos minutos y continuaron a buen paso, pero ya era de día.

Normalmente, un caballo herido por la cholla se recuperaría pronto, y si no hubieran tenido tanta prisa se lo podrían haber llevado. El dolor que causa la espina de cholla es intenso, y las coyunturas de cholla son difíciles de quitar. Rodelo había descubierto que la forma más sencilla era poner la hoja de un cuchillo o un palo duro entre la juntura de cholla y la parte penetrada, y de un tirón sacar la espina. Las que se quedaban en la piel se podían quitar con los dientes si no había pinzas disponibles.

Los indios ahora no les perseguían. Como sabía hacia donde se dirigían sus presas, Hat condujo a su banda en una curva extendida hasta la playa más allá del borde de la lava, y dejó a un indio para que los vigilara.

Salió el sol y en seguida las rocas se volvieron color fuego y el desierto brilló con las olas de calor y los espejismos.

Dan Rodelo sintió el sudor gotearle por la cara y adentro de la camisa. Cabalgó con cautela, no sólo por los indios sino también por el propio desierto. Guió cuidadosamente su caballo. Escogió el camino a recorrer no en millas sino en yardas y seleccionó cada trecho a través de la cholla, el ocotillo y las afiladas rocas.

Todo en el desierto parecía tener espinas; las plantas y las criaturas están equipadas para sobrevivir en ese medio ambiente cruel. En el desierto uno aprende a colocarse del lado soleado de los arbustos, porque una cascabel podría estar enrollada en la sombra. Uno aprende a evitar las rocas resbaladizas, a tener cuidado de las subidas empinadas, a evitar en lo posible los espacios de arena profunda que roban, con cada paso, al hombre de su energía.

Ahora Rodelo comprendió que la batalla se resolvería pronto. En pocas horas librarían una batalla por vivir, y todos lo sabían. El margen entre la vida y la muerte se había estrechado aquí; un caballo con una pata rota forzaría a un hombre a continuar a pie, y no tendría escapatoria. Sin agua, un hombre podría, con suerte, sobrevivir veinticuatro horas. Unos cuantos, por puro deseo de vivir, habían durado tres o cuatro días.

—Ten cuidado —Rodelo advirtió a Nora—. Si tropiezas con un arbusto de cholla, te clavarás más de una docena de espinas y te dolerá a rabiar.

Ahora no podían ir rápido. A veces el sendero era empinado, y siempre serpenteaba entre los cactus y los bordes de rocas afiladas. El más ligero resbalón y caerían entre las espinas o los afilados bordes de las rocas.

Se detuvieron en dos ocasiones, y Rodelo bajó y exploró a pie unas aperturas que había delante que no le agradaban. Esta cautela dio resultado, porque ambas aperturas eran falsas.

Harbin estaba molesto, y examinaba las rocas y de vez en cuando a Rodelo. Nora se quedó cerca de Rodelo, lo cual aumentó los celos del pistolero. Tom Badger, un superviviente nato, se retiró de la línea de fuego y no hizo ningún comentario.

Empezaban a subir una cuesta en el laberinto de lava cuando de repente el caballo de Gopher resbaló y lo despidió contra unos cactus. El caballo, luchando por erguirse, estaba acribillado de espinas de cholla. Gopher se arrastró por el suelo; tenía la espalda y el costado cubierto de las junturas amarillas.

Harbin estalló enojado: —¡Eres un torpe idiota! ¡Arréglatelas tú solo! ¡Yo me largo!

—Todos estamos juntos en esto —dijo Rodelo—, y nos mantendremos juntos.

—¿Quién dice eso? —estalló Harbin.

—Yo —contestó Rodelo.

Hubo un momento de silencio. Harbin giró el caballo colocándolo a la derecha de Rodelo. Harbin puso la mano en la pistola. —No falta mucho para la costa —dijo—. No te necesitaremos.

Dan Rodelo estaba en el suelo cerca de Gopher con un cuchillo en la mano izquierda. Se preguntaba si podría lanzar el cuchillo y acertar. Podía desenfundar la pistola o tirar el cuchillo con cualquier mano, aunque no había practicado durante el año que estuvo en prisión.

La bala vino un momento antes del informe, el impacto de la bala y el sonido del tiro casi al unísono. Oyeron como el agua salía de la cantimplora.

—Me necesitarás —dijo Rodelo—. Te vas a quedar sin agua.

Harbin maldijo, viendo como caían al suelo las últimas gotas de agua de la cantimplora.

Rodelo se puso manos a la obra con el cuchillo, primero quitando las junturas de cholla a Gopher y después al caballo. Badger se bajó de su caballo para ayudarle. Nora y Gopher sostenían el caballo mientras Rodelo, con la ayuda de Badger, le extraía las espinas. El caballo, normalmente medio salvaje, parecía saber que le estaban intentando ayudar, y se quedó quieto. Tardaron casi una hora.

Salgamos de aquí —dijo Rodelo cuando extrajo la última juntura. Cabalgaron por una apertura entre unos cactus, y una bala impactó en una juntura de cholla detrás de él. No veían a nadie por ninguna parte, y al momento continuaron.

Con el terrible calor sólo podían moverse a paso lento. A su izquierda aparecieron varios conos volcánicos. —Debe haber al menos cien volcanes allí —comentó Gopher—. Nunca he llegado a ver tantos.

—Brady calcula unos quinientos cráteres —dijo Rodelo—. Regresó aquí hace algunos años y conoce el territorio mejor que nadie.

La lava era un caos de bloques inclinados y crestas de presión, picado de viruela con hoyos y depresiones profundas, los antiguos flujos de lava cubiertos por capas posteriores. El cactus crecía por todas partes, y parecía no necesitar tierra.

A mediodía habían recorrido poca distancia. En una ocasión se metieron en un cañón sin salida y se vieron obligados a dar marcha atrás. Por fin, encontraron la salida de un arroyo en el que creían haberse quedado atrapados; pero al subir por una cuesta, un caballo se resbaló y se raspó la pata.

Montaron durante una hora sobre espesas cenizas volcánicas negras que les recubrieron la cara y la ropa. Cruzaron por un lugar de lava viscosa y traspasaron precariamente pequeñas calderas o cráteres. Desmontaron un par de veces para caminar y dejar que sus monturas descansaran todo lo posible.

Se arrastraron malhumorados hacia adelante en silencio, sometiéndose al calor como esclavos vencidos sin fuerza ni para protestar.

En una ocasión un lagarto se cruzó en el camino; fue lo único que vieron moverse. No vieron ni ovejas de cuernos largos, ni jabalinas, ni siquiera serpientes cascabel. Creyeron ver indios en un par de ocasiones, pero no hubo más tiros.

La tierra brillaba tenuemente con las olas de calor; las montañas distantes parecían próximas. Delante de ellos aparecían charcas de agua, y cuando llegaron al alto de una cima vieron una playa distante que parecía un inmenso lago.

—Es un espejismo —dijo Badger.

Tenían los labios agrietados y la boca y garganta resecas. Todos estaban conscientes del buche de agua que quedaba en la cantimplora restante.

Con una rapidez sorprendente salieron del caos de lava y cabalgaron sobre una llanura cubierta de chamizo y creosota. Ya no cabalgaban juntos, sino que se esparcieron a lo largo de unas cien yardas, con Nora y Gopher en la retaguardia separados por sólo unas cuantas yardas.

El silencio sepulcral de la tarde en el desierto lo quebró el agudo sonido de rifles. Una bala golpeó en el polvo, justo detrás de los cascos del caballo de Rodelo. Desenfundó rápidamente y disparó un tiro que rebotó contra una roca. Por detrás oyó un grito ahogado, y rápidamente giró su caballo. Los otros galoparon para ponerse a salvo entre las rocas, pero Gopher yacía moribundo en la tierra. Cuando le adelantó, Rodelo vio que le habían disparado dos veces, en la cabeza y en el cuello. El otro caballo de carga se había desplomado.

Rodelo estaba al descubierto, enfrentándose al peligro. Esperaba que le dispararan en cualquier momento, pero no veía nada de los yaquis.

El oro estaba sobre el caballo de carga que había muerto, pero el caballo de Gopher estaba vivo, aunque algo herido porque se había caído entre la cholla.

Ya era media tarde. ¿Cuánto camino habían

recorrido? ¿Cuatro o cinco millas? Quizás menos. Y ahora Gopher había muerto.

Gopher y uno de los mejores caballos habían muerto, y una cantimplora había desaparecido.

Rodelo agarró el caballo de Gopher y le quitó la silla de montar. Le estaba atando la albarda cuando Badger y Harbin salieron de entre las rocas, seguidos por Nora. Le ayudaron a colocar el oro en la albarda.

Badger se volvió a donde yacía Gopher. —Se te olvida algo, Joe. —Del bolsillo de Gopher sacó los veinte dólares en monedas de oro—. No se los vamos a dejar a esos indios.

—Lánzalos para que nos den suerte —sugirió Joe.

Badger lanzó las monedas al aire y Joe las agarró antes de que Badger pudiera hacerlo. —Gracias, mamón —dijo con una sonrisa.

Tom Badger se quedó parado mirándolo fríamente. Entonces caminó hasta su caballo.

Rodelo le entregó la cantimplora que quedaba a Nora. —Bebe —dijo.

—Deja, puedo aguantar.

—Dele —la animó Badger—. Beba, señorita.

Ella miró a Harbin. —Seguro —dijo éste—. Quiero mantenerte viva.

Dio un sorbo y pasó la cantimplora a Rodelo. Él se la pasó a Badger. Cuando se la devolvió apenas quedaba un buche de agua, pero a su boca reseca le supo fresca.

—Tírala —dijo Harbin—. No me gusta que suene vacía.

—¿Y si encontramos una charca? ¿En qué llevaremos el agua? Nadie en sus cabales tira una cantimplora en el desierto.

—Eso me recuerda —dijo Badger— que esta señorita dijo que sabía donde había una charca. ¿O te olvidaste?

—Sugiero que galopemos hasta la costa —dijo Harbin—. No puede estar muy lejos.

—Demasiado lejos —contestó Rodelo.

—Dices que está demasiado lejos, pero, ¿y si perdemos tiempo en buscar el agua y no la encontramos?

—Es el azar —dijo Rodelo escuetamente.

Badger miró a Nora. —¿Sabes dónde hay agua?

—La charca que conozco está en el extremo sur del Pinacate.

—Eso está cerca de donde estamos.

Continuaron sin decir más. Dan Rodelo iba de primero, a unos pasos de Nora. —¿Conoces algún punto de referencia? —le preguntó—. ¿Cómo averiguamos donde queda este lugar?

—Creo que me acordaré...

Él miró hacia atrás asombrado. —¿Has estado en este territorio?

—Cuando era niña.

De repente, él se volvió en la silla de montar. —¡Entonces debes ser Nora Reilly!

—¿Qué sabes de Nora Reilly? —preguntó ella.

—Naufragó en el Golfo... hace dieciocho o diecinueve años. Iba en una pequeña embarcación camino de Yuma. Creo que hubo una tormenta. Se estrellaron contra unas rocas, pero lograron alcanzar la orilla y por tierra llegaron a Sonoyta, un pequeño pueblo fronterizo cercano.

Ella asintió, pero no dijo nada.

Él siguió adelante. De repente vio unas vasijas de arcilla rotas, color cobrizo y toscamente hechas. Se acercó y dio una vuelta con su caballo lentamente. En las rocas había una raya blanquecina... era el vestigio de un antiguo sendero.

Paseó su caballo a lo largo del sendero. Había más alfarería rota, y una olla que se usaba para guardar agua. Se fue hasta un saliente; miró hacia abajo y vio una charca... pero estaba totalmente seca.

—Debe haber agua —dijo Badger roncamente—. Ha llovido.

Rodelo señaló. Un pedazo de roca había caído en el cauce que alimentaba la charca. El cauce había caído por la cuesta, perdiéndose en la arena. Bajó y retiró la piedra. Le costó arrastrarla, pero consiguió soltarla y la puso a un lado. Ninguno de los otros se ofreció a ayudarle.

—¿Por qué perder tiempo? —preguntó Harbin—. No vamos a volver por aquí.

—Alguien puede.

Rodelo se subió a la silla de montar. El forcejeo con la piedra lo había agotado, y fue un aviso de la poca energía que le quedaba.

Desde que dejaron Papago Tanks habían estado escasos de agua. Habían cabalgado y caminado bajo un sol ardiente. La sangre se les estaría espesando, y su tiempo de reacción sería más lento.

Cuando pasaron la olla se agachó para recogerla, sosteniéndola sobre la silla de montar. Sostendría bien el agua... si es que la encontraban.

CAPÍTULO 10

NO HABÍA ADONDE protegerse del sol. No había ni nubes ni sombra. Montaron arrastrándose exhaustos, cayéndose en las monturas, agotados por el feroz calor. Cuando alzaban la cabeza para mirar alrededor, movían los ojos con dificultad y sentían las manos torpes.

Dan Rodelo paró y se deslizó de la silla de montar. Como fuera, tenía que salvar el grullo. Este mustang grisáceo era todo lo que tenía entre él y la muerte, y se necesitaban.

Ahora mismo los yaquis no les preocupaban. Quizás les habían perdido la pista temporalmente en el laberinto de rocas detrás de ellos. Ninguno de ellos esperaba más de eso.

Nadie habló de agua. Nadie quería pensar en ésta, y sin embargo era lo único en que pensaban.

Nora habló de repente. —¡Allí, creo que es allí!

Apuntó en dirección de tres idénticos sahuaros que se erguían en la cima de una roca, unidos como tres dedos levantados.

No había prisa para buscar el agua, porque su temor a desilusionarse era demasiado grande. Rodelo dejó su caballo y subió por entre las rocas. Oyó el zumbido de abejas, y torció a la izquierda siguiendo el sonido. Se resbaló en la lava, frenó con la mano, se incorporó torpemente y contempló con gran sorpresa su sangrienta y lacerada mano.

Aferrándose a una roca para sostenerse, bordeó una esquina y contempló una charca ancha y poco profunda de agua. A un lado, donde empezaba un sendero, había una superficie plana y un pequeño borde de arena. Al otro lado, la charca era más profunda.

Regresó con su caballo. —Allí está —dijo—, hay suficiente agua para llenar la cantimplora, abrevar los caballos y beber todo lo que queramos.

Les indicó el sendero para que pudieran subir con los caballos. Agarró la olla y regresó a la charca. Fue hasta la parte más profunda, llenó la olla y la puso a la sombra en una esquina, donde un saliente en la roca la protegería del sol. Cuando llegaron los demás, él bebía profundamente al borde de la charca.

—Aguantad los caballos —dijo Harbin—. Bebamos antes de que remuevan el agua.

Badger llenó la cantimplora antes de beber. Mientras Nora bebía, Rodelo miró alrededor. Era un lugar protegido, donde podían resguardarse y defenderse. Y estaba a la sombra del sol de la tarde. —Acampemos aquí mismo —dijo.

Tom miró a Joe Harbin antes de contestar. —¿Por qué no? No creo que encontremos un sitio mejor.

Acercaron los caballos, los abrevaron y los llevaron a la sombra bajo la saliente basáltica que rodeaba parcialmente la charca. Los caballos necesitaban descansar... igual a ellos.

—Hay suficiente madera seca para hacer una hoguera. No echará humo —dijo Badger.

—Bien —acordó Rodelo.

Hacia el oeste, y a la vista de donde estaban parados, estaban las dunas, una enorme barrera de cinco millas de distancia que les separaba de la superficie más dura en la orilla del Golfo de California. Al sudoeste había una corta cordillera de montañas dentadas, la Sierra Blanca, parcialmente recubierta por la flotante arena.

Dan Rodelo miró las dunas y maldijo en bajo. Odiaba tener que intentar cruzarlas mañana. Todos estaban exhaustos, y los caballos habían dado todo lo que podían dar. El calor y la escasez de agua les habían robado las fuerzas y la resistencia. Y no muy lejos estaban los indios.

Estaba seguro que por el momento habían eludido a los yaquis. Habían tomado algún camino imprevisto y se habían escapado, lo cual dejó a los indios persiguiéndoles en otra dirección. No les daría más de un par de horas de ventaja. Sin duda los indios ya habrían enviado algunos rastreadores a buscarles.

No habían visto huellas ni de caballo ni humanas alrededor de la charca, lo que significaba que los yaquis no la conocían o no la usaban. Quizás la charca estaba normalmente vacía en esta estación, pero aun así, si la hubieran usado habría huellas. Y las únicas que había visto eran de ovejas de cuernos largos y el sendero sinuoso de una serpiente.

Dan Rodelo miró fijamente las dunas, y mantuvo a Badger y a Harbin en la mira todo el tiempo. De hoy en adelante tendría que cuidarse, porque estaba seguro que ninguno de los dos tenía intención de compartir el oro con él. En cuanto pasara la amenaza de un ataque indio, ellos no perderían más tiempo.

Nora se acercó a él. Tenía los labios agrietados y las mejillas enrojecidas, pero nada podía estropear la tranquila belleza de su rostro.

—Me encanta el desierto a estas horas —dijo, mientras miraba al oeste—. Me gusta ver nacer las sombras y sentir el frescor.

—Disfrútalo mientras puedas. Mañana será el peor día.

—Estoy de acuerdo. Todavía recuerdo las dunas de arena.

—Me pregunto como sobrevivisteis. Debió ser un viaje muy duro para una chiquilla.

—No fue eso. Fue lo que dejé detrás. Perdí a mi familia en ese accidente. Por lo menos lo único que conocía. —Ella lo miró de repente—. Sabes, no sé quién soy ni de dónde vengo. Mi padre se ahogó en el Golfo, y mi madre murió en el desierto al borde de las dunas, a pocas millas de aquí.

—Dean Stafford te trajo por el desierto. Empezasteis cinco y terminasteis tres. He escuchado la historia.

Rodelo hizo una pausa. —Lo que no entiendo es por qué quisiste regresar.

—Estaba sola en el mundo, y no quería estar sola. Yo... quería encontrar algo, algo que dejamos atrás.

—Dejaste muchas cosas, Nora. Dejaste un padre y una madre, pero no los vas a encontrar. Es demasiado tarde para eso.

—Quizás no lo sea.

Se volvió y la miró de frente inquisitivamente. —Nora.

—No entiendes. *Sí* dejamos algo allí... una caja.

—¿Una *caja*?

—Bueno, no era gran cosa. Sólo algunas cosas que

mi madre apreciaba: cartas, algunos cuadros. Nada de gran valor menos para mí. Pero ¿no entiendes? En cierto modo esas cosas soy *yo*.

—Era demasiado joven para conocer a mis padres, pero si veo sus cuadros y leo las cartas que ellos escribieron, les volveré una realidad. He pensado en esto desde niña, porque si consigo las cosas que les pertenecieron, en cierto sentido los recuperaré *a ellos*. No serán sombras que recuerdo vagamente, sino verdaderas personas, mi gente, mi familia. Mis propios padres.

—¿Por *eso* te arriesgaste a *esto*?

—Sé lo que piensas. Todo el mundo pensó lo mismo cuando les conté que quería venir, pero ¿no me entiendes? Nunca he tenido nada mío. Tuve unos padres adoptivos que fueron buenos conmigo; terminé la escuela con el dinero que me dejaron cuando murieron, pero siempre pensé en este lugar. Tenía que volver. Tengo que encontrar esa caja.

—No tenía idea de lo que te motivaba. —Dudó un instante—. ¿Crees que es prudente? Suponte que encuentres... bueno, que encuentres que no fueron lo que hubieras deseado? Muchas veces los sueños son mejores que la propia realidad.

—Lo he pensado. No... tengo que descubrir la verdad. Debo saber. Ni siquiera sé de dónde venían ni adónde iban... o el motivo.

Una cosa le intrigaba a Rodelo. Si Dean Stafford, a quien conocía, tenía una idea de quienes eran los padres de Nora Reilly, nunca le había dicho. Rodelo hizo memoria. Dean había comentado poco sobre ese viaje por Pinacate… y Stafford no era callado. Al parecer, no había mucho que contar. Pero sí le había informado sobre las charcas.

Rodelo sabía lo que sabían los demás. La banda había salido para Yuma, por el río Colorado. Stafford sabía que estaban en algún tipo de buque de vela. Como decía a menudo, lo que él sabía de navegación se podría escribir en el reverso de un sello. A bordo de la nave no había hablado ni con la niña Nora ni con sus padres. Ellos no se habían mezclado, vestían bien, eran educados, pero un poco distantes.

El capitán del barco no era marinero. Iba hacia las minas de oro en Ehrenberg, y había comprado el barco para hacer la travesía hasta la desembocadura del río. Cogido en una poderosa marea, nunca se enteró de lo que le había pasado, ni Stafford hasta que llegó a Yuma. Antes de morir, la madre de la niña le pidió a Stafford que cuidara de su hija.

¿Quién iba a Yuma en esa época? ¿Quién viajaba río arriba? Los jugadores, las coristas, los mineros, los aventureros... a veces soldados asignados a algún fuerte de las islas. Según la gente que viajaba por el río, Rodelo apostaba que los padres de Nora no habían sido gente como Dios manda. Probablemente seguían los campamentos de mineros por lo que pudieran encontrar. Eran lugares inhóspitos de gente dura.

Súbitamente, Harbin se les puso al lado. —¿De qué habláis? No te olvides que es mi chica, Rodelo.

—Su chica? —dijo Nora encolerizada—. ¡Señor Harbin! ¿Qué lo ha hecho pensar eso? No sabía que yo fuera la chica de nadie.

Él la miró molesto. —Aquí no tienes opción, muchacha.

—Creo que la tiene —dijo Rodelo.

Harbin ignoró el comentario de Rodelo. —Mira, guapa, más vale que te decidas. No nos falta mucho por llegar. Puedo llevarte conmigo o dejarte en la costa, como prefieras.

Dan Rodelo le sonrió. —Nunca has tenido mucha imaginación, Joe; pero Tom Badger sí la tiene. Sam Burrows, allá en los Estados Unidos, sabe que esta chica salió con nosotros. Si no se presenta, va a hacer muchas preguntas.

—¿Y a mí qué me importa? No pienso regresar.

—Tom —dijo Rodelo—, cuéntale a Joe sobre Kosterlitzky.

—¿Quién? —preguntó Badger.

—Sam Burrows tiene dos mejores amigos, Tom. Aunque tiene muchos, dos de ellos son poderosos. Uno es Emilio Kosterlitzky, que manda en los Rurales. ¿Os habéis oído hablar de ellos?

—Bien —continuó—, si Sam le dijera a Emilio que le gustaría saber qué le pasó a Nora Paxton, Emilio averiguaría quiénes viajaron con ella y les haría pasar un calvario hasta que confesaran. Y si fueran malas noticias, Emilio se sentiría obligado a enviarle un regalo a Sam Burrows para demostrarle su amistad: por ejemplo, sus cueros cabelludos. No lo digo literalmente, pero le enviaría una prueba contundente.

—No me asustas.

—A mí sí —dijo Badger—. Ese Kosterlitzky es maligno.

No dijeron más y se alejaron.

Cerca de la charca había mesquite y suficiente madera para hacer una pequeña hoguera que no se pudiera detectar. El café estaba sabroso y se comieron la última cecina que les quedaba, que habían comprado en la tienda de Sam Burrows.

Rodelo se quedó apartado de la hoguera, y comió

en silencio y estaba atento a los sonidos alrededor de la charca. Sabía que no habían engañado a los indios. Si por suerte los habían despistado, no sería por mucho tiempo. Tarde o temprano habría una contienda.

—Más vale que le demos de comer a los caballos —sugirió Badger—. Hay mesquite fuera de la hondonada.

—Vi pasto por allí —dijo Nora.

Los caballos lo necesitaban. Los últimos días habían sido agotadores tanto para hombres como para bestias, pero los caballos no resistían tanto como los hombres, y si había pasto tenían que alimentarse.

Joe Harbin los llevó hasta el pasto de galleta y los estacó cerca del mesquite. Cuando regresó, Rodelo lo vigilaba atentamente... no quería ningún tiro repentino, ni darle ninguna ventaja a Harbin.

Ahora que todo estaba a punto de terminar, Rodelo no tenía ningún plan. Sólo proseguir y dejarles que hicieran lo que pudieran. De una cosa estaba seguro: no iba a permitir que le arrebataran el oro.

Pensó en Nora. ¿Había más en la caja de lo que decía? ¿Un tesoro, quizás? Era improbable, y aunque sus motivos parecieran absurdos, él los entendía. En esa época una muchacha sin familia, sin antecedentes y sin dinero tenía pocas oportunidades. El trabajo que podía desempeñar una mujer decente lo limitaban las costumbres; además, siempre exigían referencias personales y familiares. En el Oeste no les hacían preguntas a los hombres, pero querían saber todo sobre las mujeres.

Aparte de eso, lo que le importaba a Nora era saber algo du su historia. Él había pasado por lo mismo, y todavía tenía abiertas las cicatrices de no saber nada de su familia. Esta chica tenía agallas. ¿Cuántas mujeres se habrían atrevido a meterse en el desierto con hombres de esta calaña?

Miró al oeste y en la lejanía divisó una cadena azul de montañas en Baja California, enfrente del Golfo. El sol se estaba ocultando detrás de ellas, y dejaba el cielo pintado. El frío empezaba a sentirse en el desierto. Rodelo se apoyó contra una pared de roca, medio levantado por su silla de montar. Estaba cansado... muy cansado.

Quería tomarse otro café, pero no tenía fuerzas para levantarse a buscarlo. Se quedó mirando la olla y se preguntó si su cansancio podía más que sus ganas de tomárselo. Pensó que al día siguiente necesitaría todo el líquido posible, y este argumento acabó convenciéndolo.

Al erguirse para ponerse en pie, una bala impactó en la roca donde había recostado la cabeza, salpicándolo con fragmentos de roca. Se tiró al suelo y desenfundó; en ese mismo instante vio la cara del indio. Falló el disparo... y el indio desapareció.

Con un impulso, cruzó la cuenca y corrió entre las rocas. Oyó gritar al indio, que intentaba ahuyentar a los caballos. Lo vislumbró un instante y volvió a disparar.

La luz era tenue, y el indio estaba a sesenta pies, pero la bala lo impactó en la cabeza, matándolo al instante.

Escuchó una voz a su lado. —Eso sí que es saber disparar —dijo Badger—. No me imaginé que fueras tan bueno.

—Afortunado —dijo Harbin—. Fue un tiro de chiripa.

—Tendrás que comprar las fichas de juego para averiguarlo, Joe —dijo Dan sosegadamente—. Tendrás que hacer tu apuesta.

Harbin también empuñaba su pistola. —Cuando yo esté listo —dijo—, desenfundarás y descubrirás que has perdido la mano. Tus tres ases se convertirán en tres tiros en el vientre.

—Olvídate de él —dijo Badger escuetamente—. ¿Qué hacemos con el indio?

—Más vale que primero juntemos los caballos —dijo Rodelo.

—No te preocupes por ellos —dijo Badger—. Tal y como están y se sienten, no irán muy lejos mientras haya agua en la charca.

Continuó: —Este indio debe ser un rastreador que nos localizó. Su propósito era que continuáramos a pie para hacérselo más fácil, y enviar una señal de humo para atraer a los otros.

—Buena idea —dijo Dan.

—¿El enviar una señal de humo?

—Efectivamente... desde donde no estamos. Como desde aquel desfiladero.

—Si funciona —Harbin acordó—, podríamos adelantarnos cinco o diez millas. Podríamos ponernos a salvo. —Dudó un instante—. ¿Pero quién envía la señal?

—¿Y por qué desde aquel desfiladero? —preguntó Badger—. ¿Por qué creerán que estamos allí?

—Es el mejor sendero hasta la costa. Si ven el humo allí, lo creerán.

—Buena idea —reconoció Badger—. Podría funcionar.

—De acuerdo, Tom. —dijo Harbin—. Si te gusta tanto la idea, cabalga hasta allí y envía tú la señal.

—¿Y si me encuentro a todos esos indios?

—¿Te dan miedo?

—Por supuesto. No me gustan esos indios. No son mi tipo. Me dan tanto miedo como a vosotros.

—Iré yo —dijo Rodelo sin inmutarse.

—Pues más vale que salgas ya. —Joe Harbin le sonrió mofándose—. Esos indios estarán esperando esa señal.

Rodelo caminó hasta el grullo, lo llevó a la cuenca y lo ensilló. Mientras le apretaba la cincha pensaba en la situación. Tenía que solucionarse pronto. La playa estaba allí detrás de las dunas, y no quería provocar un tiroteo bajo ningún concepto. Pero cuando les informara que se llevaba el oro de vuelta, se armaría una buena... a menos que se arriesgaran a dispararle primero.

Nora Paxton se acercó a él. —No vayas, Dan.

—Alguien tiene que ir.

—Pues que vaya Tom o Joe.

—Con todo ese oro en juego no se arriesgarán a separarse. Este es el club del último hombre, Nora, y yo tengo que ser el último.

—¿Por qué, Dan? ¿Te importa tanto el dinero?

—Sí. Ahora mismo es lo que más me importa en el mundo.

—¿Más que yo?

Miró hacia ella. —Sí, Nora, ahora mismo me importa más que tú. Si no me importara tanto, no me importarías tú. Es una cuestión de honor.

Ella retrocedió. —Orgullo, quizás; honor, no. Bien, eso me aclara donde quedo yo en todo esto. —Giró bruscamente y se alejó.

—¡Nora!

Ella lo ignoró, y caminó hasta la hoguera. Se quedó mirándola un instante. Quería decir algo más, pero estaba reticente de descubrir el juego y de que lo escucharan los demás. Harbin ya sospechaba algo, y en cuanto a Tom Badger, uno nunca sabía con Badger. Siempre escondía sus cartas y nadie sabía qué mano tenía.

Rodelo llevó su caballo al sendero fuera de la cuenca. Joe Harbin y Badger le siguieron. Nora permaneció al borde de la hoguera.

—¿Adónde debemos dirigirnos? —preguntó Badger.

—Hacia el oeste. Mantén la Sierra Blanca a tu izquierda, y cuando pases el pico de esa cordillera, quédate a una milla o así al norte. Cuando cabalgues hacia el oeste, mantente alineado con la brecha entre Pinacate y la Sierra Blanca, y la costa donde llegues será la bahía de Adair.

—¿Y el agua? —preguntó Harbin—. Quiero decir, ¿en la bahía?

Dan Rodelo le sonrió. —Allí hay varios manantiales... o aljibes. Algunos son de agua dulce, otros no. Si llegáis antes que yo, sentaos a esperarme. Iré para mostraros donde está el agua.

—¿Y tú qué?

—¿Yo? Yo cabalgaré unas millas hacia el norte por el lado occidental de Pinacate. Regresaré aquí para buscar agua. No necesitaré mucha.

—Giró en la silla de montar y miró hacia la hoguera. Nora estaba de espaldas a él.

—¡Adiós! —gritó, y se marchó.

Joe Harbin sonreía abiertamente. Badger lo miró sospechosamente. —¿Cuál es la gracia?

—Él. Dijo que regresaría aquí para buscar agua. Cuando vuelva no va a quedar nada.

—¿La vas a secar?

—Los caballos abrevarán casi toda. Lo que no podamos llevarnos lo secaremos. Creo que es la última vez que veremos a Dan Rodelo.

Tom Badger miró pensativamente al jinete que desaparecía. —Sí —dijo dudoso—, puede que sí.

Nora, de pie cerca de la hoguera, se cubría la cabeza con sus manos para mirar al oeste y verlo marchar.

CAPÍTULO 11

RODELO CABALGÓ AL oeste y después al norte. Desde que dejó la charca se sintió que le seguían. Podía ser solamente la sensación que te daba el desierto. Al mismo tiempo, tenía la sensación de estar casi desnudo, expuesto por todos los costados.

Cabalgó con el Winchester en la mano; movía constantemente los ojos, estudiaba cada esquina y grieta en la lava y buscaba huellas en la tierra.

La primera señal casi no parecía una huella. Un pedazo de roca negra, más pequeña que su puño, no estaba en su lugar habitual. Las rocas del desierto tienen un pulimento en su superficie; esa pátina es el resultado de su exposición al sol del desierto, al viento, a la lluvia, a la arena y a las propias reacciones químicas.

La piedra indicaba que la habían tumbado, y ahora la parte superior estaba medio enterrada en la arena. Un hombre o un animal, saltando por encima de las rocas, podrían haberla arrastrado con el pie o la pata. Era una señal de que algo había pasado por allí, y por consiguiente, una advertencia.

Rodelo montó cautelosamente a través de un grupo de cholla, se detuvo un instante a la sombra de un sahuaro gigante y continuó. El lugar adonde se dirigía estaba cerca.

Badger, Harbin y Nora ya deben de estar cabalgando

por las colinas de arena. Allí un hombre podría hundirse hasta las rodillas con cada paso, o retroceder un paso por cada uno que diera. Un caballo podría hundirse hasta la panza si cargaba un jinete. Una vez en las dunas, perderían la vista de Pinacate, su única pista. Lo verían de vez en cuando, pero a menos que tuvieran mucho cuidado podrían perder tiempo luchando contra la arena en la dirección equivocada. Mantener el curso era una parte del reto.

A su derecha y en la base de la montaña vio un grupo de mesquite, quizás ocho o diez árboles de buen tamaño, un sahuaro y chollas. El grupo de mesquite sería el lugar ideal para dejar el grullo.

El grisáceo caballo estaba en mejor forma que los otros. Era un buen caballo, salvaje y nacido para el desierto y las montañas, acostumbrado a la escasez de agua y al impredecible forraje del desierto. Ese caballo era el as de Dan Rodelo, porque cuando llegara el momento de la verdad, seguiría en pie después de que la fuerza de los otros caballos hubiera desparecido. Esto era lo que lo salvaría del desierto.

Cuando entró al mesquite, se bajó de la silla de montar y ató el grullo. Mientras estuviera lejos, el caballo se alimentaría con las hojas verdes y los frijoles. Después de agarrar el rifle, se alejó del grupo de mesquite y empezó a subir hasta la cúspide por la empinada montaña.

A unas cien yardas, un yaqui se detuvo y miró un instante. Bajó del caballo, lo ató y empezó a subir por un sendero de caza. Sabía donde estaba el otro sendero, y había esperado a ver si Rodelo hacía lo que él esperaba, y luego tomó su propia ruta a la cima.

Como seguía un sendero que conocía, podría avanzar más rápida y fácilmente que el hombre blanco.

Los ojos oscuros del indio brillaron de anticipación... éste era el de las botas del que Hat había hablado. También era el que conocía las charcas y era un gran guerrero. Entregar el cuerpo y exigir el rescate serían algo de que alardear en las tiendas de su tribu.

No cabía duda, el hombre blanco subía a su muerte.

Cuando Dan Rodelo llegó a la cima, no encontró nada extraordinario. Vio un sendero de caza por el sur que le habría facilitado la subida. Había cholla en la cima del desfiladero, un palo verde medio muerto y algunos esqueletos de cactus.

Los juntó con un poco de arbusto de burro muerto y unos fragmentos de palo verde y encendió una cerilla. La brisa la apagó. Colocó su Winchester contra una roca y buscó otra cerilla. Agachándose, volvió la cabeza y miró cuidadosamente las rocas. Estaba en una cuenca formada por el desfiladero. Al este abajo de la montaña vislumbraba el caos de lava, a la izquierda las dunas; y en la distancia el brillo de la luz del sol sobre el Golfo. Estaba intranquilo, pero juntó el combustible y se dispuso a encender la segunda cerilla.

Detrás de él oyó algo rozar la roca. Volviéndose, como si fuera a recoger otro palo, miró por encima del hombro. Un lagarto que jadeaba de cansancio estaba tumbado encima de una roca. Lo miró un momento, sin moverse. ¿Había sido el lagarto el que había hecho el ruido? De repente, el lagarto levantó la cabeza y se escapó como una centella.

Ante todo, tenía que hacer el humo. Aguzó el oído para captar el sonido más leve, encendió el fósforo y lo acercó a las hojas y ramas secas. Un hilo de humo empezó a ascender. Añadió más combustible, y después, escuchó un murmullo detrás de él, y se tiró a un lado.

El yaqui aterrizó con la parte delantera de los pies en el lugar donde momentos antes Rodelo se había agachado. Al instante, Rodelo le propinó un puntapié con ambos pies, haciendo tambalear al indio. Levantándose de un salto, estaba listo cuando el indio dio la vuelta y saltó encima de él con un cuchillo que sostenía bajo.

Dan le golpeó la muñeca de la mano que sostenía el cuchillo, lo asió con la otra mano y, colocando una pierna delante del indio, lo estrelló contra el suelo, arrebatándole el cuchillo de la mano. El cuchillo cayó en la arena y el indio, resbaladizo como una serpiente, se escapó de sus manos y se levantó. Rodelo esquivó la arremetida del indio y le colocó una derecha.

El indio se detuvo a mitad de camino, y Dan, demasiado ansioso, falló el golpe y se chocó contra él. Los dos cayeron a tierra. El yaqui más rápido, se tiró encima de Dan y le colocó su antebrazo en la garganta.

Rodelo estaba tirado de espaldas con el brazo amarrándole la garganta, cuando el indio intentó aferrarle la garganta con la otra mano. Dan lanzó los pies en alto y golpeó la cara del guerrero con los talones, arañándole con una espuela y separándole de su cuerpo. Dan se levantó y abrió la boca para respirar, la garganta amoratada.

El yaqui se retorció y brincó, la sangre le corría por

la cara cortada por la espuela. Le rodeó cautelosamente, recogió el cuchillo y arremetió de nuevo contra Dan, quien se tiró a un lado y puso la zancadilla al indio. El yaqui se volvió a levantar, le embistió a Dan con el cuchillo, rasgándole la manga. Dan se aproximó para buscar una oportunidad. No se atrevía a usar la pistola, porque podría haber otros indios cerca. Tenía su cuchillo en el cinturón, sujetado por una correa. Acercó la mano al cuchillo, e intentó soltar la correa.

Una veloz cuchillada del yaqui le rasgó la camisa por delante, y sintió el ardor del corte en los músculos duros de su estómago. Pero la cuchillada había hecho girar al indio, y Dan aprovechó para darle un puntapié en la rodilla. Antes de que se pudiera recuperar, Rodelo se abalanzó, lo levantó con esfuerzo del suelo y lo lanzó contra un macizo de cholla.

El indio gritó mientras luchaba por liberarse, pero cada movimiento le clavaba más las junturas de cholla. Sus esfuerzos sólo servían para perjudicarlo. Rodelo se retiró y cogió su rifle.

El humo empezaba a subir en una fina espiral. Después de agregar combustible, Dan examinó al pobre indio. —Te lo buscaste, muchacho —dijo severamente—. Ahora te las arreglas tú solito.

Salió al momento, bajando por las rocas a velocidad suicida. Los yaquis estarían a punto de llegar, y no tenía idea a qué distancia estaban.

Estaba en un saliente casi en el fondo cuando vio un jinete que sacaba a un caballo del mesquite y marchaba por el sendero. Era Joe Harbin, ¡y llevaba su grullo!

—¡Joe! —gritó—. ¡Joe!

Harbin se volvió en la silla de montar, le hizo un palmo de narices y continuó.

Furioso, Rodelo se colocó el rifle en el hombro, pero Harbin ya estaba en el arroyo y fuera de su vista. Cuando volvió a aparecer, estaba fuera de su alcance. Sería difícil acertar el tiro y podría matar el grullo.

Ellos ya lo daban por muerto. No tenía caballo ni agua, y los yaquis se acercarían en sólo momentos. Tenía que moverse. Como fuera, tenía que conseguir agua, cruzar las dunas, en una palabra: sobrevivir.

El corazón le latía rápidamente de aprensión. Conocía demasiado bien el desierto para ignorar que sus posibilidades eran pocas. El paseo de vuelta a la olla de agua que había escondido hubiera sido fácil a caballo; a pie, era una cuestión de vida o muerte. ¿Y si hubieran encontrado la olla y la hubieron roto?

Tenía que moverse, pero se demoró. A partir de este momento, cada paso que diera tenía que ser en la dirección exacta. Moverse sin pensar era invitar a la muerte.

Tom Badger llevaría el mando a través de las dunas, y habrían empezado sin Joe Harbin. Cuando Joe los alcanzara estarían de lleno en la arena y pasándolo mal. Una vez en la arena, los caballos les servirían de poco, y los dos hombres y la muchacha tendrían que luchar con ellos para que caminaran. Mientras tanto, los indios se les aproximarían. Un hombre a pie avanza más rápido que un caballo en las dunas.

Rodelo llevaba varias horas sin beber agua. Creía que estaba más cerca de la orilla que Badger y Nora, pero no estaba seguro, y perderse en las dunas sería nefasto. Sabía que a partir de este momento caminaba en la cuerda floja, con la muerte en los talones.

Caminó entonces, manteniéndose cerca de las matas más espesas, buscando las pocas sombras, introduciéndose en los macizos de matas más espesos. Lo primero era alejarse de la montaña, fuera de observación.

Continuó, dirigiéndose hacia el sur, y con paso firme caminaba todo lo que permitía el terreno. Estaba alerta a cualquier problema, y se sentía bien de poderse mover. Delante le esperaba la confrontación... y después, si tenía suerte, el oro y Nora.

La primera hora de marcha no fue demasiado difícil, y logró buen tiempo... avanzó quizás dos millas y media. La hora siguiente caminó por encima de lava, fuera y dentro del borde de las dunas, y recorrió la mitad de esa distancia. A menudo le tentaba entrar directamente en las dunas y luchar como pudiera para llegar a la costa. Había lugares donde la arena parecía prensada, pero no podía depender de eso, y necesitaba agua desesperadamente.

Tenía la boca seca, los labios agrietados y la lengua como un palo dentro de la boca. Había reducido el paso, y sus reacciones eran lentas. Luchó contra el impulso de deshacerse del rifle. No vio ningún indio.

El sol se ponía cuando por fin llegó a la charca. Tal como había supuesto, los otros se habían ido; y tal como había temido, la olla estaba rota. Eso era obra de Joe Harbin. En el fondo todavía quedaban unas gotas de agua, poco más que un sorbo, pero lo bebió ávidamente. El agua de la charca había desaparecido hasta la última gota.

Lo que sí encontró fue la cantimplora agujereada por el impacto de una bala. De repente se le ocurrió algo, y arrancó la funda de tela de la cantimplora. Se formaría rocío en el metal.

Pensó en continuar, consideró los riesgos y decidió esperar allí y descansar. Se recostó e intentó dormir, pero la sed lo mantuvo despierto. Recordó un cactus enorme que había sobre la charca. Cautelosamente, se introdujo por medio de la lava rota sobre el tanque y lo encontró. Cuidándose de las espinas, logró cortarle la parte de arriba. Metiendo la mano, sacó un manojo de pulpa y extrajo el jugo en su boca. Estaba un poco amargo, pero era líquido. Por lo que le pareció una eternidad, continuó extrayendo la pulpa del cactus y exprimiendo las gotas en la boca. Cuando se acostó de nuevo, se quedó dormido.

Se despertó de repente, consciente de un penetrante frío. Se acercó a la cantimplora y lamió el rocío en la superficie, y a pesar de lo escaso, se sintió mejor.

Pensó en el aljibe en la Sierra Blanca. Con suerte tendría agua. Si salía en seguida, podría llegar poco después del amanecer. ¿Pero y si no había agua? Entonces tendría que partir hacia la costa, con pocas posibilidades de llegar.

Cuando llegó a esta conclusión, ya iba en camino, casi mecánicamente. Su mente parecía sólo medio consciente de lo que hacía. En el horizonte al sudoeste, distinguía el feo perfil de la Sierra, y pensó que cuando perdió el caballo debería haber salido en seguida por las colinas de arena hacia la costa. A estas horas podría estar ya en la orilla del Golfo.

Se cayó.

Tambaleándose, se levantó, cuidándose de las rocas. Como un borracho, caminaba cautelosamente, inciertamente, y cuando pisó sobre un espacio plano, empezó a caminar rápidamente... o así pensó.

Al rato se percató que empezaba a amanecer. Estaba consciente de que se había caído un par de veces más. Las montañas parecían iguales de distantes.

Continuó la marcha, tambaleándose y cayéndose.

Estaba casi en la ladera de las montañas cuando se volvió a caer. Esta vez no se pudo levantar.

Levantó una rodilla e intentó incorporarse, pero no pudo. Se arrastró unos pies sobre el vientre, consciente del calor abrasador de la arena. Pensó que si la temperatura ambiente era 120 grados, la arena podría estar a 160 grados. No podía levantarse. Pero se aferró al rifle, y a la cantimplora.

Llevaba rato tirado en el suelo cuando se percató que delante tenía un enorme cactus. Esto le impulsó a ponerse de rodillas y, con el rifle haciendo de muleta, se puso de pie.

Manoseando el cuchillo, consiguió sacarlo y cortó la parte superior del cactus. Una vez más apretó la húmeda pulpa en su boca, y un frescor milagroso le recorrió todo el cuerpo.

Al cabo de un rato, continuó hacia adelante.

Cuando llegó al aljibe en la Sierra Blanca encontró que estaba en una cubeta de piedra ahuecada bajo una catarata de agua. El agua era profunda y fría.

CAPÍTULO 12

BADGER IBA DE primero, y bordeaban un cráter profundo cuando vieron acercarse a Harbin, quien llevaba el grullo. Tom se detuvo. —Parece que Rodelo se encontró con problemas —dijo.

Nora apretó los labios, pero no dijo nada. El corazón le latía a medida que se acercaba Harbin. De repente, sintió un frío y una rigidez que nunca había sentido.

—¿Qué pasó? —preguntó Badger.

—Parece que el plan de Danny de atraer a los indios los atrajo más rápido de lo que esperaba.

—Mala suerte.

—Bien —dijo Harbin—, no fue mi idea hacer señales de humo.

—Es su culpa —acordó Badger. Después, para consolar a Nora, agregó—: Pero dio su vida para ayudarnos.

—¿Dónde está? —preguntó Nora fríamente.

—Probablemente muerto. Los indios no son partidarios de llevarse presos.

—¿Por qué lo irían a buscar? Quiero decir, cuando él no estaba con vosotros. Él no es un fugado y no recibirían ni un dólar por él.

Badger miró a Harbin y dijo: —Estaba con nosotros. Ellos lo sabían, y eso sería suficiente. Vámonos, no perdamos mas tiempo.

Nora giró su montura. —Me voy a buscarlo. Un hombre como Dan Rodelo no muere tan fácilmente.

—¿Estás loca? —gritó Harbin—. Él no tendría ninguna posibilidad. Tampoco la tendrás tú.

—Me es lo mismo. Voy a buscarlo.

Movió el caballo y Harbin giró y se le colocó al lado.

—¡Ni de broma! —Extendió la mano y la abofeteó en la boca—. ¡Ya sabes que tú eres mi mujer! ¡De hoy en adelante no irás a ninguna parte sin mi permiso!

—Suelta mi caballo.

Deliberadamente, dio la vuelta al caballo, y Nora, alzando el látigo, le golpeó en la cara.

Arrebatándoselo de la mano, lo tiró en la arena. El latigazo le marcó la cara. Tenía sangre en los labios donde le había cortado en la agrietada piel. Tenía los ojos llenos de odio.

—Me las vas a pagar. Continúa tu camino. Puede pasar un año, pero no dejaré que te olvides de este golpe, créeme. Sigue antes de que te mate aquí mismo.

Él guió su caballo hacia las dunas. —Más vale que te enteres. A partir de hoy soy yo quien manda aquí.

Tom Badger se puso a su lado, y Joe tiró de las riendas de su caballo. —Vete adelante, Tom —le dijo.

—Dijiste que eras el jefe.

—Así es. Y daré las órdenes.

—En la retaguardia no, Joe. No soy Rodelo. Nosotros montamos juntos.

Harbin se encogió de hombros. —De acuerdo, si piensas que estás más seguro.

Bordearon el cráter, esquivaron como pudieron la lava partida y siguieron un incierto sendero. Al norte una larga duna se extendía hacia el este, en un punto llegaba casi a la base del Pinacate. De vez en cuando miraban hacia atrás en busca del espacio entre Pinacate y Sierra Blanca. Y entonces entraron en las dunas.

Habían bebido copiosamente antes de abandonar el aljibe, y si los caballos aguantaban, esperaban recorrer las dunas en dos o tres horas, incluso menos si encontraban un lugar donde la arena estuviera compacta. Vieron los picos de granito de una cordillera enterrada en la arena, que sobresalían unos pies sobre ésta. Llegaría el momento cuando estarían completamente cubiertas, una cadena de montañas de una altura de cientos de pies hundidas en la arena.

A su derecha y a su izquierda se alzaban gigantescas dunas. Cabalgaron unas yardas y encontraron el camino obstaculizado por un depósito de arena de varios pies de alto. Los caballos se hundían y se esforzaron por continuar. Cuando alcanzaron el otro lado bufaban fuertemente. Tom Badger se detuvo; estaba pálido.

—Tenemos problemas —dijo.

Harbin asintió. —Debe haber una ruta más fácil. —La duna que tenían delante medía al menos sesenta pies de arena inclinada. No era muy empinada, pero era de arena fina.

—Quizás, pero no tenemos tiempo para buscarla.

Se pusieron en camino, avanzando penosamente por la larga pendiente de la duna, hundiéndose hasta los tobillos, los caballos hasta las jarretas. Pero continuaron sin pausa y alcanzaron la cima de la duna. Al mirar atrás, podían contemplar el espacio que habían recorrido... no más de cien yardas.

Joe Harbin maldijo amargamente. Podía jurar que habían caminado casi una milla.

Avanzaron, pero era una lucha sin cuartel: los caballos luchaban, las cargas se soltaron. No se planteaban cabalgar; no sólo tenían que llevar los caballos sino que los tenían que arrastrar para ayudarlos a atravesar la arena.

Les tentaba, una vez encima de una duna, seguir por la cumbre. Una vez, al encontrar una cumbre que parecía correr en dirección sudoeste, la siguieron en lugar de descender a la hondonada entre ésa y la siguiente, una duna más grande. Cuando miraron atrás se percataron de que habían perdido la marca que les servía de referencia, el hueco entre las montanas.

Al cabo de una hora, estaban de pie todos juntos en la cresta de un largo cerro de arena. Miraron en todas direcciones, pero sólo vislumbraron arena.

—Tengo que descansar —murmuró Harbin. —Se dejó caer en la arena y colocó la cabeza entre los brazos, que tenía doblados sobre las rodillas.

Soplaba una ligera brisa que olía a mar. Nora inhaló profundamente; esperaba que el olor durara, pero no fue así. Al cabo de un rato se pusieron en camino. Nadie les seguía.

Nora Paxton había cabalgado, remado canoas, caminado en los bosques por mucho tiempo, y ahora se alegraba de ello. Ninguno de los dos hombres había hecho más que montar a caballo hasta ir a prisión, y mientras estuvieron allí no habían caminado más de unas cuantas yardas.

Nora pensaba en Dan Rodelo. Se convenció que lo que había dicho Harbin debía ser verdad. Dan estaba muerto o vagaba a pie en el calor del desierto. Si no estaba muerto, pronto lo estaría.

Por primera vez comprendió las consecuencias del

anhelo de tener entre sus manos algo que había pertenecido a su madre. Comenzaba a darse cuenta que se había metido en una situación de la que podría no salir. Aun cuando salieran vivos, y a estas alturas era incierto, tenía el problema de escaparse de Joe Harbin, y posiblemente de Tom Badger. Si lo lograba, tendría que volver de alguna manera a la civilización.

Durante casi toda su vida había estado abierta a las oportunidades que se le presentaban en cada momento. Hasta entonces las cosas le habían ido relativamente bien. Pero hasta entonces se había relacionado con gente educada en un mundo ordenado y civilizado. Ahora estaba a una distancia inmensurable de ese mundo.

Nunca creyó que Dan Rodelo hubiera estado muerto cuando Joe Harbin agarró su caballo. Y si lo creyó, fue sólo por un instante. O Harbin había asesinado a Rodelo o lo había abandonado para que siguiera a pie, que era lo mismo.

De algo estaba segura. Estaba en mejor forma para arreglárselas que cualquiera de los dos hombres. Eran jinetes, no caminantes; los dos habían pasado tiempo en prisión, y parte en celda de castigo. La falta de ejercicio, la comida inadecuada y la falta de motivación les había debilitado. Hacía sólo unos días que habían empezado los trabajos forzados.

Tenía que huir como fuera. ¿Y si venían los indios, como era seguro que lo harían? Por lo menos Harbin y Badger la defenderían cuando se defendieran ellos. Esperaría hasta que hubieran atacado los indios; seguro que a estos dos hombres nadie, ni siquiera los indios, los detendría fácilmente.

Avanzaron con dificultades: se caían, tiraban de las

bridas, incluso empujaban a los caballos. Las cargas se caían, las ajustaban y se volvían a caer.

Badger se detuvo de repente. —¡Joe, mira! —Señaló la puesta de sol, y estaba a su derecha. Todavía estaba alto en el cielo, todavía quemaba sin piedad, pero estaba a su derecha. ¡Iban hacia el sur, no hacia el oeste!

Joe Harbin maldijo despacio, con tono apagado y desagradable.

Tenía las mejillas rojas, quemadas por el sol. Sus agrietados labios y barba estaban cubiertos de polvo blanco. Sus crueles ojos negros parecían hundidos bajo sus pobladas cejas. Ferozmente torció a la derecha, descendió un par de cientos de pies por una larga cuesta de arena y empezó a subir, en ángulo, otra empinada cuesta.

En dos ocasiones creyeron haber alcanzado el final de las dunas, pero seguían viendo dunas de arena en la lejanía. Finalmente, cuando se puso el sol, desde lo alto de una duna, divisaron el mar.

Se quedaron inmóviles, estupefactos ante la vista. El sol se ponía tras las oscuras montañas de Baja California, pero más cerca de ellos se veía el fino perfil azul del Golfo.

—Lo logramos —exclamó Harbin—. ¡Dios mío, lo conseguimos!

—Aún no —contestó Badger severamente—. ¡Mirad!

A media milla de distancia, se distinguían uno... dos... tres... cuatro indios que cabalgaban sobre la cima de una duna. Cuatro indios, un poco al norte de ellos, y probablemente al final de las dunas.

—Esos son como pan comido para mí —fanfarroneó Harbin—. ¡Cuando quieran!

—¿Y aquéllos? —preguntó Nora sosegadamente, señalando el sur.

Había cinco... no, seis indios allí.

Joe Harbin los miró. —Después de un buen trago de agua los despacho a todos.

—¿Agua? —Badger le miró—. No conoces a los indios, Joe. Dejarán que nos acerquemos, y nos rematarán cuando estemos al descubierto donde no haya sombra, ni cobijo, ni oportunidad a nuestro alcance. Ellos tienen agua; beberán, se mantendrán fuera de la línea de fuego y esperarán... como buitres, a que nos muramos.

No obstante, continuaron, e hicieron todo lo posible por salir de los cerros de arena.

—Podríamos esperar al pie de las colinas —dijo Nora—, buscar la sombra. No nos daría el sol hasta bien entrada la tarde.

—¿Y después? —El tono de Joe era sarcástico.

La respuesta era obvia. Si esperaban, morirían. Y si intentaban alcanzar la orilla, morirían.

—La respuesta es —murmuró Harbin, para contestarle a Badger—, no permitamos que nos inmovilicen. Tenemos que continuar. Si quieren quedarse sentados encima de un aljibe lucharemos contra ellos.

El caballo de carga se desplomó, luchó y no se volvió a levantar. —Quitadle la carga —ordenó Badger— y ponedla al grullo.

Cuando se pusieron en camino, el caballo seguía tirado. Nora sabía que cuando llegara el frescor de la noche, el caballo se levantaría e iría hasta la orilla del mar para beber agua en uno de los aljibes que había allí.

La colina de arena se quebró bruscamente y ante

ellos vieron la llanura costera. Aunque estaban a cinco millas de distancia, sentían el frescor del Golfo.

—Más vale que descansemos —murmuró Badger con los labios agrietados—. Tendremos más posibilidades.

DAN RODELO BEBIÓ profundamente del agua fría al pie de la Sierra Blanca. Bebió sin parar. Se quitó la camisa y se lavó el pecho y los hombros. Mientras tanto, cavilaba.

Ellos podrían haber llegado ya al Golfo, pero no estaba seguro. Tal vez Tom Badger podría haber llegado, pero de Harbin nunca se podía estar seguro. Era impulsivo, peligroso y tiránico. Badger desempeñaría un papel secundario mientras esperaba su oportunidad.

Sentado en la refrescante sombra de las rocas cerca del aljibe, Rodelo empezó a trabajar en la cantimplora estropeada. Aunque la había traspasado una bala, creía que podría tapar el agujero lo suficiente para guardar un poco de agua en la cantimplora.

Intentó usar el tejido de los restos de cholla, pero se le desmenuzó en los dedos. No pudo hacer nada con un pedazo de quiebracha que encontró. No tenía ni el tiempo ni la paciencia para tallar esa durísima madera y darle la forma necesaria. Por eso, cortó de un cactus de sahuaro un tapón para tapar cada uno de los agujeros, y llenó la cantimplora. Salía un poco de agua, pero cuando el cactus se dilató, dejo de gotear.

Cuidadosamente, limpió sus armas, quitó el polvo de los cartuchos, pasó un trapo por los barriles y verificó el mecanismo y después las recargó.

A la sombra encontró un lugar oculto entre las piedras, y se echó a dormir otra vez. Cuando despertó, el sol estaba alto y calentaba. La cantimplora seguía llena; se sentó en una roca y estudió el camino a seguir.

Creía estar cerca del extremo sur del área de grandes dunas, y podría ahorrar tiempo yendo hacia el sur, pero no sabía qué distancia tendría que recorrer. Después de pensarlo un rato, decidió ir a través de las dunas, manteniendo una línea recta en lo posible.

Estaba tan cerca de la Sierra que no podía distinguir ninguna de sus características cimas, pero lejos en la parte superior de la ladera vio una marca blanca. Parecía una hendidura profunda resultado de una salida de agua. Eligió esta señal para mantener el rumbo, cogió el rifle, se colgó la cantimplora del hombro y se puso en camino con paso firme.

Miraba hacia atrás para comprobar la señal blanca en la montaña, manteniéndola directamente detrás de él, pero cuando había recorrido casi media milla, escogió una cima que serviría aún mejor de referencia. La primera milla fue la más fácil porque seguía la cresta de una duna de arena compacta. Logró buen tiempo, aunque no tan bueno como si hubiera caminado por arena dura, pero tampoco demasiado lento.

A partir de ahí fue una lucha constante. La arena era tan suave que se hundía, perdiendo un paso de cada tres que daba. Pero conocía la arena movediza, y eligió su camino cuidadosamente. Después de haber caminado una hora, creyó haber recorrido casi dos millas, y podía oler el mar.

Un instante más tarde escuchó el primer tiro. Parecía provenir del norte, y al principio no estaba seguro de que fuera un tiro, pero ¿qué otro sonido podía ser en estos desérticos parajes?

No escuchó más tiros y continuó hacia delante, y así añadió media milla a su recorrido. Se dejó caer por una duna y subió en ángulo por otra, tumbándose en la arena cuando alcanzó la cima. La arena caliente le quemó la piel, pero se quedó allí un instante para mirar hacia delante. Bebió un largo trago de agua y siguió de nuevo.

Cuando superó un pináculo alto de arena que probablemente ocultara granito o una cresta de lava, vio el mar. Aunque el azul estaba lejano y difuso, se veía bonito en el sol de la tarde y el aire claro. De repente, los divisó: un puñado de puntos negros en la extensión del desierto.

Entre las grandes dunas y la orilla había un llano con parcelas de pasto de galleta, mesquite y cactus. Había un extenso lago seco, sin ninguna vegetación, y, como era de esperar, arbustos de creosota por todas partes.

A esa distancia no podía distinguir quién era quién, sólo veía varios puntos juntos. A poca distancia, rodeándolos, estaban los yaquis. Parecía que estaban fuera del alcance, como si estuvieran matando el tiempo.

Bien, Hat no tenía prisa. Los tenía donde los quería: en el llano sin poderse proteger ni de las balas ni del sol.

Se podía permitir el lujo de esperar.

CAPÍTULO 13

DESPUÉS DE BUSCAR un rato, Rodelo vio un camino que le ocultaría de los indios. Estaba bastante seguro que a él no le esperaban, pero no quería arriesgarse. Consiguió bajar a tierra, bebió agua de la cantimplora y escogió una depresión poco profunda por la que el agua del Pinacate llegaba hasta el mar.

Caminó varias yardas sobre tierra plana para llegar allí, confiado de que los indios, a más de una milla de distancia, estuvieran demasiado ocupados con su presa para verle. Una vez en la depresión, consciente de que tenía poco cobijo, empezó a caminar rápido. De vez en cuando oía tiros.

Sabía lo que pasaba. Hat trataba que los acorralados dispararan. Quería mantenerlos angustiados e impedir que intentaran de escaparse de la trampa desesperadamente. También quería que agotaran su munición y sus fuerzas.

Dan Rodelo sabía el riesgo que corría con su plan de ataque, y sus escasas posibilidades, pero la muchacha que amaba y el oro que demostraría su inocencia estaban allí lejos. Fuera lo que fuera que le deparara el futuro, sabía que no podría enfrentarse al mundo sin probar su inocencia. Y quería a esa muchacha.

Pero había algo más. Nunca se había echado atrás;

una vez identificado el problema se unía a la lucha. No podía retirarse de esta pelea; era una batalla que tenía que ganar.

Sabía que era un necio, y que la posibilidad de estar a unas horas, quizás incluso a unos minutos, de su muerte era grande. Sabía que, aunque pudiera librar a Badger y a Harbin del lío en el que estaban metidos, tendría que enfrentarse a tiros con ellos.

Continuó por la depresión, donde la arena estaba compacta como resultado de las recientes lluvias. Estaba fuera de la vista, pero creía que estaba a poca distancia. No había escuchado ningún tiro en varios minutos. Rodeó la esquina de la depresión que estaba oculta por unos arbustos de mesquite y se encontró de frente con un indio.

El yaqui llevaba una venda alrededor de la cabeza, y una chaqueta del ejército manchada de sangre seca. Se había arrastrado por la ribera cuando oyó los pasos de Rodelo.

Rodelo sostenía su Winchester con ambas manos, listo para disparar rápidamente, pero el yaqui estaba tan cerca que no hubo posibilidad de hacerlo. Levantó la culata del rifle y apuntó a donde la barbilla se unía a la garganta. Le asestó un golpe con la culata y el grito del indio se ahogó, un sonido ahogado, horrible de escuchar. Se tambaleó y Rodelo, sin ningún reparo, le asestó un terrible golpe en la cabeza con la culata del rifle impulsado por ambas manos.

El yaqui se desplomó en la arena, y Rodelo se agachó y lo despojó de su cinturón de cartuchos. Se llevó el otro Winchester con él.

Casi en seguida vio a los otros dos indios, que estaban a cincuenta yardas y medio, ocultos por el banco de arena. Dejó caer el rifle del indio muerto y levantó el suyo en cuanto los yaquis le vieron. Les vio alzar los rifles, pero él ya disparaba.

Su primer tiro, instantáneo, dio en el blanco. Vio como uno de los indios se tambaleaba unos pasos y se desplomaba. Su segundo tiro rebotó en el rifle del otro indio, pasó por su brazo y dejó un rayo detrás. El indio se apoyó sobre una rodilla y devolvió el tiro. El tercer y cuarto tiro de Rodelo le impactó en el pecho y el cuello.

Rodelo subió la depresión a la carrera, acarreando el rifle extra. Su ventaja había desaparecido, y a partir de ahora, sería una cacería y él sería la presa. No sabía cuántos indios quedaban, pero suponía que diez o doce —demasiados.

AGACHADO EN LA pequeña hondonada detrás de los bajos arbustos de mesquite, que ofrecían un mal escondite y poca protección, Joe Harbin empuñaba la pistola. Badger, con una herida sangrante de bala en el hombro, estaba cerca.

—¿Qué pasa ahí fuera? —murmuró Harbin—. Tenemos compañía.

—Será Dan Rodelo —dijo Nora fríamente.

Harbin le echó una mirada. —¡Demonios! —replicó—. Nadie podría cruzar tanto terreno sin agua.

No se escuchó ruido alguno en varios minutos, y de repente Harbin vio un indio moverse rápidamente entre los arbustos; no les miraba a ellos, sino a otro objeto. Era un guerrero joven, y se había olvidado temporalmente de un enemigo por concentrarse en otro. Era un guerrero muy joven que no llegaría a viejo.

Joe Harbin le vio tirarse a tierra, y esperó. El indio había cometido un grave error al olvidarse de su primer enemigo, y al haber cometido un error, podría cometer otro, levantándose del escondite donde se había dejado caer. Un guerrero más viejo se habría arrastrado por el suelo y se habría levantado unas yardas más allá de donde hubiera caído.

Al joven yaqui le habían enseñado todo eso, y lo habría practicado muchas veces, pero se le había olvidado. Absorto en Dan Rodelo, a quien podía ver avanzar a lo largo del borde de la depresión poco profunda, se levantó de su posición lentamente.

Sintió el impacto de bala y se puso de rodillas. Sintió un impacto parecido a un golpe violento en la parte trasera de la cintura. No sintió ningún dolor. Confundido, empezó a incorporarse, pero no pudo. Despacio se desplomó en la tierra, mirándose incrédulo las piernas que parecían no pertenecerle. Intentó incorporarse de nuevo, y sintió una punzada de dolor. Se tocó cuidadosamente la espalda y se manchó la mano de sangre. Se la volvió a tocar y sus curiosos dedos tocaron el orifico de la bala. El tiro le había traspasado la espina dorsal y se le había alojado dentro. Se echó en el suelo y miró el cielo. Allí esperaban los buitres.

Hat estaba confundido. Alguien más había entrado en la lucha, alguien que no había visto. Podría ser uno solo, pero su sentido común le advirtió que había más. Había habido un tiroteo, pero no sabía quién había disparado, o por qué.

Hizo la llamada de codorniz para que se retiraran

los indios, y se fue al lugar donde habían dejado los caballos. Los indios se acercaron. Faltaban cuatro.

DAN RODELO caminó desenfadadamente hacia el pequeño grupo, con el Winchester en los brazos. Otro colgaba de una correa por la espalda, y llevaba dos cartucheras. Llevaba su cantimplora y la bolsa para agua del indio muerto.

Salió del desierto, y lo vieron aproximarse. Todos habían visto retirarse a los indios, pero sabían que era sólo temporalmente.

Rodelo echó una rápida mirada alrededor. Sólo quedaban dos caballos, el grullo, que cargaba el oro, y otro. Badger estaba herido y había sangrado copiosamente. Parecía cansado y estaba pálido.

—Más vale que nos vayamos de aquí mientras podamos —dijo Dan, sin dejar de vigilar a Harbin.

Harbin lo miró, los ojos hundidos debajo de sus espesas cejas. —¿Cómo lo lograste? Danny, te tengo que felicitar. Tienes agallas.

—Lo logré —dijo Rodelo—. Y llegaré hasta el final.

Harbin le sonrió abiertamente, pero no era una sonrisa de amigos. Agarró la brida del grullo y empezó a caminar.

—Espera —dijo Rodelo—. Bebe algo.

Badger, muerto de sed, agarró la bolsa. Harbin observó mientras Badger bebía. Rodelo pensó que sospechaba que el agua podía estar envenenada.

Al poco rato, Harbin se animó a beber, y Nora bebió de la cantimplora.

Se pusieron en camino. Fue una marcha difícil,

llena de traspiés. Caminaron firmes, con Dan Rodelo en la retaguardia. De la llanura brotó un fino polvo blanco. Una extraña tormenta de polvo bailaba, y el sol se disipaba en el cobrizo cielo. Avanzaron hacia delante y el único sonido era el del ruido de sus pasos, una maldición en bajo o los bufidos de los caballos. El terreno que tenían delante era llano y el camino recto, salvo cuando trataban de evitar la creosota o los cactus. Queriendo detenerse, los dos caballos se resistían. No había señal de los indios.

Los indios sabían adónde iban ellos, sabían qué les esperaba al final y se podían permitir el lujo de esperar. Sabían que los hombres blancos no tenían donde ir. La inesperada aparición de Rodelo había estropeado momentáneamente sus planes; lo habían intentado demasiado pronto y habían probado la amargura de los tiros del hombre blanco, pero ahora esperarían.

Encima de sus cabezas, los buitres también esperaban.

Finalmente el sol se ocultaba detrás de las montañas al oeste detrás del Golfo, y pintaba el cielo de rojo y oro y convertía en llamas los picos quebrados del Pinacate. Detrás de ellos el borde de las dunas se convirtió en una oscura e inacabable línea.

Cuando llegaron a la orilla había oscurecido... No había ningún barco.

Miraron fijamente por encima del agua azul. Exhaustos y desesperados, se quedaron mudos ante el vacío que contemplaban. Se quedaron inmóviles ante su completa derrota.

Localizar el barco había sido su meta, lo que les había impulsado y animado hacia delante. Un refugio al que llegarían, donde podrían descansar, beber o comer comida cocinada de nuevo.

¿Se había ido el barco? ¿O es que nunca había llegado?

—Hay otra bahía —dijo Nora después de unos minutos—. Al sur de aquí.

—¿A qué distancia?

—No sé. A cinco... quizás diez millas.

¡Diez millas! Era una distancia imposible de recorrer en su presente condición.

El grullo tiraba de la soga, y Harbin, casi sin darse cuenta, la soltó. Arrastrando la soga, el caballo salvaje se alejó por la llanura hasta donde rompía la marea, y en un lugar más elevado se detuvo y hundió la cabeza fuera de la vista.

—Agua —dijo Badger rotundamente—. Ha encontrado un aljibe.

Siguieron al caballo salvaje y se juntaron alrededor del aljibe. Era pequeño, y el agua salobre, pero podían beber.

—Podríamos enviar una señal de humo —sugirió Harbin.

—Pensarán que son los indios.

—¿Entonces qué?

—Seguimos —contestó Rodelo—. No tenemos otra opción. Salimos esta noche.

Miró la carga. Allí estaba, el oro por el que había ido tan lejos para conseguir. El oro por el que había cumplido un largo y amargo año de condena. El oro que se había prometido a sí mismo devolver a sus dueños.

¿Pero qué harían estos hombres? Ellos lo habían

robado, por lo menos uno de ellos; y habían pasado por un calvario para escaparse con él. ¿Cómo iba a decirles lo que intentaba hacer?

Se aproximaba el momento de la verdad, y cuando hablara debía estar listo para disparar. Joe Harbin llevaba demasiado tiempo pensando en el oro, y sin duda Tom Badger también lo había hecho. El pobre Gopher no había tenido ninguna posibilidad desde el principio.

—Más vale que nos atrincheremos —dijo Badger—. Esos indios regresarán.

—¿No puedes hablar con ellos? Son de tu raza.

Tom Badger miró a Harbin. —¿Estás loco? Yo soy parte cherokee, y los cherokees eran los indios del oeste hasta que el gobierno les arrebató sus territorios. A estos yaquis ni los conocíamos. Por lo que sé, los indios siempre han estado en pie de guerra con otras tribus; era su deporte favorito. Me quitarían el cuero cabelludo tan rápido como a ti.

Agarraron unas conchas para cavar una trinchera, y construyeron un muro de arena. No era mucho, pero al menos era algo.

Badger miró a Rodelo. —¿Sabes dónde acamparán?

—Al norte. Es el único lugar que conozco que tiene agua. Hay dos o tres manantiales en la orilla, al norte de aquí.

—¿Crees que el barco podría estar en la otra bahía?

—Si es que llegó, y si no ha regresado, ahí es donde estará.

Joe Harbin bebió el agua salobre. Estudió a Dan Rodelo.

—No te entiendo —dijo—. Has venido hasta aquí para nada.

Rodelo lo miró sin decir palabra, pero sentía que se acercaba la confrontación.

—Te imaginaste que te daríamos una parte, ¿verdad? ¿Quieres parte del tesoro?

Rodelo sonrió. —Lo quiero todo, Joe. Hasta la última moneda.

Harbin se rió entre dientes. —Bueno, por lo menos eres sincero. Te concedo eso.

—Así es, Joe. Soy honrado.

Todos le miraron. —¿Qué quieres decir? —preguntó Badger.

—Que fui a la cárcel un año porque cuando detuvieron a Joe Harbin yo montaba con él... pasaba y me lo encontré por el sendero. No sabía que hubiera habido un atraco, pero venía de trabajar en la mina, sabía que el oro estaba por el sendero. El jurado pensó que era demasiada casualidad.

—Así que te fastidiaste —dijo Joe—. ¿Y qué?

—Joe, voy a devolverles el oro, y les voy a restregar las narices en él. Voy a demostrarles que son un manojo de amigos que no prestan ayuda en la desgracia, y después me largaré.

Lo miraron fijamente, y nadie habló. Nora Paxton podía escuchar los latidos lentos y rítmicos de su corazón. De repente, Joe Harbin dijo: —¿Pensaste asesinarnos y coger el oro?

—No. Suponía que los indios o el desierto se ocuparían de eso. Si fallara eso, tenía pensado un plan para conseguir el oro sin hacerle daño a nadie.

—Qué buen muchacho —dijo Harbin—. ¡Nos

quitaría el oro sin herirnos! ¡Pero eres idiota! ¿Quién crees que va a creer semejante historia?

—Yo —dijo Badger—. O en otro tiempo lo hubiera hecho.

—Os propongo algo —sugirió Rodelo—. ¿Qué os parece si os doy mil dólares a cada uno? Lo llamaremos una recompensa por ayudar a recuperarlo.

—¿Generoso, eh? —Harbin sonrió con desprecio—. ¡Tú te largas con nuestro oro y nos dejas con mil dólares a cada uno! Tienes agallas, muchacho, pero estás en el negocio equivocado. Deberías ser estafador o jugador.

Examinó a Nora. —¿Sabías algo de esto?

—Un poco. Creo que dice la verdad, que piensa devolverlo.

Harbin tenía las alforjas en la arena detrás de él. Puso una mano encima de ellas. —Rodelo, olvídate de ello. No tocarás ni un centavo de todo esto.

—¿Quién quiere café? —preguntó Nora—. No importa que encendamos el fuego. Saben que estamos aquí.

Nadie le prestó atención. Harbin miraba a Rodelo, y Dan observó que estaba listo. —¿Muchacho, qué te parece? ¿Me vas a poner a prueba? ¿Quieres tu recompensa ahora mismo?

Dan Rodelo sonrió tiesamente. Sonreír le costaba un esfuerzo a causa de sus labios resquebrajados y tenía la cara tiesa de polvo, pero lo hizo. —No, Joe, todavía no. Nos necesitamos mutuamente para enfrentarnos a esos indios.

—Tenemos que salir de aquí —dijo Badger—. El café es una buena idea. Hagamos una hoguera, preparemos el café y larguémonos de aquí. Podemos caminar por el agua. Esa bajamar llega hasta muy lejos. Podemos caminar hasta la otra bahía.

Permanecieron lejos de la hoguera, aunque les protegía el muro de arena que habían construido. Nora hizo el café, y lo bebieron despacio para poder saborear cada gota. Todos necesitaban comer, pero la sed les había quitado el apetito. Lo único que querían era líquidos. El café los avivó, y cuando se pusieron en camino lo hicieron con cautela. Tom iba de primero y llevaba a los caballos. Llegaron juntos a la orilla del mar y empezaron a caminar en fila india.

De repente, los indios irrumpieron de la oscuridad. Se vio el fuego de una pistola y un caballo se desplomó. Dan Rodelo giró su Winchester y disparó hacia el fogonazo. Saltó de costado, pegó con los pies en la tierra y disparó otra carga. Inmediatamente después se dejó caer en la arena y rodó, situándose detrás del caballo muerto, mientras disparaba de nuevo rápidamente.

Vació el rifle y disparó el rifle del indio. Cuando lo terminó de descargar, recargó su propio rifle sin inmutarse. Hubo una pausa. Alguien estaba a su lado y habló de repente. Era Tom Badger.

—¿Es verdad que piensas devolver el oro?

—Dije la verdad, Tom. —Hizo una pausa y agregó—: Nunca he tenido demasiado, Tom, pero buscaba cambiar mi vida. Estaba a punto de construir algo propio, y me tuve que encontrar con Joe en el sendero después del atraco.

—Mala suerte —dijo Badger.

Esperaron un momento. Luego Badger preguntó:

—¿Piensas que alcanzamos a alguno?

—Sí, uno... quizás dos.

—Es difícil darse cuenta en la oscuridad. —Después de hacer una pausa, añadió—: Tengo una corazonada, chaval. Creo que no voy a salir de esto vivo.

—Estás loco. Si alguien lo logra, serás tú.

A unas cientas yardas al este de ellos, los indios se juntaban. Yuma John se sentía indignado. —Creo que hemos terminado —dijo—. No quiero seguir. Demasiados muertos.

—Sólo son hombres —dijo Hat.

—Nosotros también lo somos —contestó Yuma John—. Más vale esperar otra ocasión.

—No —dijo Hat—. Estos son míos.

—Yo me voy —insistió Yuma—. ¿Quién se viene conmigo?

Dos de los indios le siguieron. Cuando se habían marchado, Hat miró al resto. Quedaban cuatro. Bueno, menos entre quienes repartir, pero le afectaría cuando volviera a casa. Siempre había triunfado, y los jóvenes se peleaban por acompañarle. Ahora comentarían que se le había acabado la suerte.

Hat les llevó de vuelta a la playa, donde encontraron un caballo muerto y algunas huellas. Sus presas habían desaparecido. Hat tomó el mando y partió de camino.

La emboscada debería haber tenido éxito. Había reconocido el truco del fuego, y habían avanzado para esperar a que llegaran los hombres blancos. Les oyeron caminar a lo largo de la orilla, pero habían calculado mal en la oscuridad. Algunos de sus hombres deberían de haber disparado al caballo y gastado balas. Cuando el enemigo respondió al fuego, otro disparo había matado a otro hombre.

—Mira —dijo uno de los jóvenes yaquis.

En la arena había una mancha oscura... sangre. Hat alzó la cabeza y los siguió con los ojos. Uno de ellos estaba herido de gravedad.

Joe Harbin lo descubrió casi al mismo tiempo, y un cuarto de milla más adelante en la playa. Tom Badger estaba rezagado y colgaba del costado del grullo.

—¿Tom? ¿Qué ocurre?

—Me hirieron.

Harbin hizo una pausa. —¿Estás mal?

—No dejes que me agarren, Joe. No quiero que cobren la recompensa por mí.

—No lo harán.

—Hablo en serio.

Dan Rodelo fue hacia atrás. Habían alcanzado el sitio denominado Sea Lion Bluff.

Detengámonos aquí —dijo—. Podemos ver la bahía. Desde esta altura podemos hacer alguna señal, hacer un fuego o algo así.

—Los indios —dijo Tom— vendrán pronto.

—¿Por qué no los esperamos? —dijo Joe Harbin. No creo que encontremos un sitio mejor que este.

Había piedras por la orilla, y en el borde del acantilado se habían congregado algunos leones marinos, lo cual justificaba el nombre del lugar. Entre las piedras y los arbustos, con el grueso del acantilado detrás de ellos, se pusieron a esperar.

Se oía el murmullo de las olas... la marea estaba baja y se escuchaba el murmullo y el movimiento de los leones marinos que estaban a poca distancia. Nora se acercó a Rodelo y susurró. —¿Qué vamos a hacer?

—Esperar —contestó.

—¿Tom? —Era Harbin—. ¿Dónde te hirieron?

—En el vientre.

Harbin maldijo.

Nora habló de repente. —¡Dan, allí hay una luz! ¡En el agua!

Todos la vieron en ese momento. Estaba lejos, pero bien visible. Indudablemente el barco estaba anclado, y cuando había girado con la marea había dado la vuelta y mostrado la luz.

—Lo logramos —dijo Tom. —Ese será el barco de Isacher.

Transcurrieron unos minutos. Los únicos que se movían eran los leones marinos. La sombra del acantilado les ocultaría perfectamente, y cualquier movimiento que se escuchara lo achacarían a los leones marinos.

Rodelo cambió su Winchester de sitio. Ahora tenía sólo un rifle, y estaba cargado. El otro, un arma vieja, lo había dejado en la playa. Había examinado las cartucheras con los dedos y sabía que tenía por lo menos setenta balas, todas de calibre .44, y que podían cargarse en el rifle o en la pistola de seis tiros que llevaba.

Antes de que aparecieran los indios, escucharon un ruido en la arena, y cuando llegaron sólo se percibía un ligero movimiento en la oscuridad y una sombra sobre la arena dorada. Ninguna figura se diferenciaba.

Nora susurró de repente —Joe. *¡No lo hagas!* El barco está allí. Quizás mañana podamos subir a bordo sin tener que pelear.

Él la apartó. —Ahora, no... no tendríamos ninguna oportunidad.

Levantó el rifle, y Tom Badger, tumbado de bruces sobre la fría arena, hizo lo mismo. Detrás de una piedra Rodelo colocó su arma en posición.

Podía haber sido algún movimiento, el brillante reflejo de algo sobre el cañón de una pistola, porque de repente Hat silbó una aguda advertencia.

Al instante, rugió el rifle de Joe, seguido de los quebrantos, como ecos, de los de Badger y Rodelo.

Se escuchó un grito, un caballo resopló y se desplomó y el fuego de respuesta no se hizo esperar, pues era como llamaradas de fuego hacia los rifles que tronaban en las manos de los tres hombres en la playa.

No se planteaban elegir los blancos, porque no los había, sólo una confusión de movimiento y los fogonazos de los disparos de los indios. Los tres hombres estaban tumbados en la tierra y ofrecían sólo sus tiros como blancos, pues sus cuerpos se confundían con la oscuridad del acantilado detrás de ellos.

De repente cesó el fuego y se escuchó el retumbar de los cascos de un caballo al galope. Joe disparó una vez más, hacia el caballo que desaparecía.

Después silencio...

Sólo el chapoteo del agua, un ligero revuelo del viento. Las estrellas luminosas inmóviles en el oscuro firmamento.

—¿Qué hacemos? —preguntó Nora.

—Esperaremos —dijo Joe Harbin severamente.

En la arena escucharon un gemido, seguido de una respiración entrecortada...

—¿Joe? —La voz de Tom Badger era débil—. Joe, dale el oro al chico. Deja que lo devuelva. No vale la pena.

—Seguro —contestó Harbin—. No te preocupes. Precisamente eso era lo que pensaba.

CAPÍTULO 14

CON LA PRIMERA luz gris del día, el Golfo parecía una plancha de acero. Distante en el agua se veía el casco bajo y negro de un queche, sus dos pelados mástiles negros apuntaban hacia arriba como dedos delgados al cielo.

En la arena, los cuerpos contorsionados por la muerte, yacían cuatro indios. Hat no estaba entre ellos.

Dan Rodelo se levantó lentamente. Tenia calambres a causa de la posición en que había dormido y de la humedad nocturna. Recogió el rifle y secó la humedad del barril.

—Más vale que hagamos señales de fuego —sugirió Nora—. Pueden irse sin nosotros.

Recogieron madera de deriva. Sólo Tom seguía tumbado sin moverse. —¿Cómo está? —preguntó Rodelo.

—Muerto. Ya le oísteis... eso fue lo último que dijo antes de expirar.

Joe Harbin miró abajo a Badger y dijo: —Era un buen hombre y un buen compañero. No podría haber sobrevivido sin él el primer año. Siempre me calmaba cuando estaba a punto de explotar.

Miró a Rodelo. —Ya me conoces. Sabes que soy explosivo.

Colocó las ramas, se arrancó un retazo de camisa

como yesca y buscó un cerillo entre los bolsillos.

—¿Tenéis un fósforo?

Dan trató de alcanzar el bolsillo de su camisa, y Joe Harbin fue por su pistola. La diferencia era de seis pulgadas en la posición de las manos que empuñaban los revólveres, y Joe Harbin era rápido.

Llevó la mano al revólver, que surgió fácilmente, y el cañón apuntó derecho con un movimiento perfectamente cronometrado, resultado de muchas horas de práctica que habían dejado a muchos muertos.

El cañón salió derecho, pero algo le golpeó en el costado, y, sobresaltado, observó que Dan Rodelo estaba disparando.

El segundo tiro siguió tan rápido que lo hizo saltar de pie; su propio disparo golpeó la arena a sus pies. Retrocedió y cayó sentado de golpe en una dura roca, su disparador de seis tiros colgándole de la mano.

—Le dijiste a Badger que me entregarías el oro —dijo Rodelo sutilmente.

—Demonios, se estaba muriendo... le hizo sentirse mejor. No creerías que yo hablaba en serio, ¿verdad?

—Te trató de salvar el pellejo, Joe. Sabía la que se avecinaba. Ya ves, creo que en los últimos días comprendió quién soy yo.

—¿Tú? —Harbin se sujetaba el costado, que le sangraba copiosamente, manchándole la mano de sangre.

—En Texas fui un bandido y un pistolero antes de darme cuenta que con eso no llegaría muy lejos. El trabajo en la mina fue mi primer trabajo.

—Ese Badger —dijo Joe Harbin con asombro—, siempre sacándome de líos, incluso con su último suspiro. Debería haberle escuchado. —Ahora respiraba bocanadas largas, sacudiéndose.

—Más vale que enciendas la hoguera —dijo de repente—. Parece que el barco va a zarpar.

Rodelo se volvió para mirar al mar y escuchó el clic del percusor demasiado tarde. Se tiró de cabeza a la arena, escuchó el tronar del proyectil y sintió la arena picarle la cara. Al instante rodó por el suelo y se levantó mientras disparaba.

Su Colt rugió tres veces violentamente, y alcanzó mortalmente a Harbin, que se sacudió con cada impacto; rodó despacio por la roca y se desplomó en la arena.

Pálido y tembloroso, Rodelo logró ponerse de pie y miró a Nora. —Casi me mata —dijo. Sorprendido, miró hacia abajo a Harbin—. Nunca se dio por vencido.

—Encenderé la hoguera —dijo Nora.

Cogió los fósforos y se agachó. Cuando vio las llamas y que la columna de humo ascendía, se levantó y caminó por el acantilado, y excavó en una apertura entre las rocas. Extrajo una caja oxidada y vieja, pero intacta.

—Recuerdo este lugar —dijo—. Esto es lo que vine a buscar. Es todo lo que queda de mi familia.

—Se acerca la embarcación —dijo Rodelo.

Mientras se aproximaba el barco, agarró los sacos de oro y los transportó hasta la playa. En el barco había dos hombres.

—¿Eres Isacher? —preguntó uno.

—Está muerto. Lo mataron cuando intentaba escapar. Soy su sustituto.

—No sé nada de eso —protestó el tipo—. Me iba a pagar veinte dólares diarios.

—Le pagaré eso, y veinte más si entierra a esos dos hombres en el mar.

—¿A santo de qué? Nadie les encontrará.

—Hay un indio que cobra cincuenta dólares de recompensa por cada prisionero que devuelve, vivo o muerto. No querían regresar así.

—¿Veinte dólares? Es bastante.

Miró los pesados sacos que Dan metía en el barco.

—¿Qué es eso?

—Problemas, amigo. Muchos problemas. Olvídate.

—He llegado a viejo ocupándome de mis propios asuntos. Ya se me olvidó.

Nora se subió al barco, y Dan caminó hasta el grullo y le sacó la brida. —Bien, muchacho, eres libre. Si quieres, regresa con Sam, y un día te iremos a recoger. Si no quieres, puedes ir a tu aire.

Atizó el lomo del caballo y vio como se alejaba, conteniéndose por no demostrar cuánto le dolía.

El caballo pausó y le miró, y al instante salió al trote hacia Pinacate. Se detuvo y miró atrás una vez más para asegurarse que tenía razón. Dan Rodelo se subía al barco.

Situándose en la proa del barco, Rodelo divisaba la orilla, y vio a Hat salir del desierto y cabalgar hasta la orilla de Sea Lion Bluff. Se quedó sentado en el caballo, miró alrededor y se marchó lentamente.

—Adondequiera que vayas —dijo Nora—, quiero ir contigo.

—Bien —contestó él.

Ella sostenía la caja oxidada en sus manos, pero ya no le parecía tan importante.

Sobre Louis L'Amour

"Me considero parte de la tradición oral —un trovador, un narrador del pueblo, el hombre en las sombras de la hoguera del campamento. Así es como me gustaría que me recordaran— como un narrador. Un buen narrador".

PROBABLEMENTE NINGÚN AUTOR pueda sentirse tan partícipe del mundo de sus propias novelas como Louis Dearborn L'Amour. Físicamente podía calzar las botas de los recios personajes sobre los que escribía y, además, había "paseado por la tierra de sus personajes". Sus experiencias personales y su dedicación a la investigación histórica se unieron para proporcionarle al Sr. L'Amour un conocimiento y un entendimiento único de la gente, de las situaciones y de los desafíos de la frontera americana que llegaron a ser el sello de su popularidad.

De ascendencia franco-irlandesa, el Sr. L'Amour podía remontar su propia familia en América del Norte a principios del siglo diecisiete y seguir su marcha infatigable hacia el oeste, "siempre en la frontera". Se crió en Jamestown, Dakota del Norte, y absorbió la herencia fronteriza familiar, incluso la historia de su bisabuelo escalpado por los guerreros siux.

Estimulado por una insaciable curiosidad y un

deseo de ampliar sus horizontes, el Sr. L'Amour abandonó el hogar a los quince años y realizó numerosos y variados trabajos, incluyendo los de marinero, leñador, domador de elefantes, carnicero, minero y oficial del departamento de transportes durante la Segunda Guerra Mundial. Por entonces también dio la vuelta al mundo en un buque de carga, navegó una embarcación en el Mar Rojo, naufragó en las Indias Orientales y se extravió por el desierto de Mojave. Como boxeador profesional, ganó cincuenta y una de cincuenta y nueve peleas, y también trabajó de periodista y conferenciante. Era lector voraz y coleccionista de libros únicos. Su biblioteca personal contenía 17.000 volúmenes.

El Sr. L'Amour quería escribir "casi desde que podía hablar". Tras desarrollar una audiencia extendida con sus relatos fronterizos y de aventuras que se publicaban en revistas, en 1953 el Sr. L'Amour publicó su primera novela, *Hondo,* en Estados Unidos. Cada uno de los más de 120 de sus libros sigue en edición viva; hay más de 300 millones de ejemplares por todo el mundo, convirtiéndole en uno de los autores con más ventas de la literatura contemporánea. Sus libros se han traducido a veinte idiomas, y se han rodado películas de largometraje y para televisión de más de cuarenta y cinco de sus novelas y cuentos.

Sus superventas de tapa dura incluyen *Los dioses solitarios, El tambor ambulante* (su novela histórica del siglo doce), *Jubal Sackett, Último de la casta* y *La mesa encantada.* Sus memorias, *Educación de un hombre errante,* fueron un éxito de ventas en 1989. Las dramatizaciones y adaptaciones en audio de muchos relatos de L'Amour están disponibles en cassettes y CDs de la editorial Bantam Audio.

Receptor de muchos e importantes honores y premios, en 1983 el Sr. L'Amour fue el primer novelista que recibió la Medalla de Oro del Congreso otorgada por el Congreso de Estados Unidos en reconocimiento a su trabajo. En 1984 recibió la Medalla de la Libertad del presidente Reagan.

Louis L'Amour falleció el 10 de junio de 1988. Su esposa, Kathy, y sus dos hijos, Beau y Angelique, continúan la tradición L'Amour con nuevos libros escritos por el autor durante su vida y que publicará Bantam.